小説 JUMP j BOOKS

キン肉《にく》マン

悪魔超人熱海旅行殺人事件

おぎぬまX 監修:ゆでたまご

キン肉《にく》マン

悪魔超人熱海旅行殺人事件

登場人物紹介

アレキサンドリア・ミート

キン肉マンの重臣。
かつて超人殺人事件を
相次いで解決した。

キン骨マン

ドクロ星からやってきた怪人。
今回もミートとともに謎に挑む。

キン肉マン

キン肉星第58代大王。
忙しい公務の間にも
ミートと連絡を取り合う。

キン肉マン

●悪魔超人熱海旅行殺人事件

もくじ

プロローグ

果てしなく続く荒野。吹き荒《すさ》ぶ風の中で、とある超人《ちようじん》が跪《ひざまず》いていた。

上空では暗雲の中で、巨大な人面が漂っている。

人間を超える〝超人〟、その超人を超える存在――〝神〟である。

超人は恐る恐る天を見上げた。目の前に顕現したのは、天界に住む百余りの神々の中でも、
邪悪の神と呼ばれ、危険視されている存在だった。

やがて、神は告げた。

「今こそ……超人の知性を試す時がきた。再び、世に〝超人殺人〟を巻き起こすのだ」

「御意《ぎよい》」

超人が深く頷く。

――まさに、捨てる神あれば拾う神あり。

かつて日本で聞いた諺《ことわざ》を思い出して、超人はほくそ笑んだ。

この計画が成功すれば、超人界は文字通りひっくり返る。その時、自分は新しい世界で神に
等しい存在になれるだろう。

頭上では邪悪の神が、策略の象徴ともいえるメガネを怪しく光らせ笑っている。

密命は下された。超人は立ち上がると、日本へ向かった。

超人界一と謳《うた》われる頭脳を持つ、アレキサンドリア・ミートを待つために。


1987年、○月×日。

東海道《とうかいどう》新幹線ひかり号の窓からは、生い茂る緑となだらかな丘に並ぶ家々、そして果てしなく広がる海が見えた。東京《とうきょう》駅を出発して四十分近く。まもなく列車は熱海《あたみ》駅に到着する。

窓際の指定席ではメガネをかけた小さな超人がちょこんと座っていた。四つ折りにされた紙を握りしめながら、なにやら「ウーム……」と唸《うな》っている。

日本有数の観光地・熱海には国外からの観光客も少なくないが、この超人は地球から遠く離れた惑星からやって来た。

「まもなく到着かぁ。せっかく熱海に行くんだし、できれば温泉を巡ったり、熱海城を見学したいところだけど……」

アレキサンドリア・ミートは、誘惑を断ち切るように顔を横に振ると、熱海市の観光リーフレットをバッグにしまった。そして一通の手紙を取り出して、訝《いぶか》しげに見つめる。

「この手紙がイタズラかどうか、王子の代わりにボクが確かめなくちゃ！」

キン肉星《にくせい》——その王族の居城であるマッスルガム宮殿に差出人不明の手紙が届いたのは、一週間前のことだった。

差出人名には〈知《ち》の渇望者《かつぼうしゃ》〉とだけ記されており、手紙の中身は――

『〇月〇日　熱海ホテルニューマカオにて、再び超人による〝知《ち》の惨劇《さんげき》〟が起こる』

という不穏な内容だった。

――超人による〝知の惨劇〟？　再び起こる？　まさか……

手紙を見た瞬間、ミートの脳裏《のうり》には以前自身が巻き込まれ、そして解決したとある騒動がよぎった。

日本各地で次々と起きた超人による殺人事件――即《すなわ》ち、〝超人殺人〟事件。

しかし、その騒動の首謀者はキン肉《にく》マンによって捕えられ、現在は改心している。

では、この手紙は一体誰が何の目的で送ってきたのか。

ミートは手紙の内容をあえてキン肉マンには伏せ、単身で地球に向かうことを決意した。

主《あるじ》であるキン肉マンは、キン肉星の大王に即位したばかりで、現在は公務に追われ多忙を極めている。手紙の真偽も分からぬ段階で、負担をかけるわけにはいかないからだ。

「大王……いや、王子。ここはあなたの重臣、ミートにお任せを！」

その時、車内チャイムが鳴り、まもなく列車が熱海駅に到着することを告げた。

ミートは今のうちにトイレを済ませようと席を立った。自分の座席が車両の後方で、ちょうどすぐそばのデッキにトイレがあるのだが、出発してから誰かが個室に籠《こも》ったきりで、ずっと使えなかったのだ。

「さすがにもう空《あ》いてるでしょ」と、トイレに向かったミートは眉を顰《ひそ》めた。

トイレの個室は鍵がかかっており、今もなお使用中だった。

「えっ、まだ?」

試しにドアをノックしてみるが、応答がない。

常に気にしていたわけではないが、トイレから誰かが出た時はスライドドアが開く音が聞こえるはずだ。少なくともミートはそれを耳にしていないので、同一の乗客が東京駅からトイレに籠ったままということも有り得る。

——よっぽどの腹痛なのか? いや、それならノックに応答しないのはなぜ?

ただならぬ状況に悪寒《おかん》が走った。ミートの手には今も差出人不明の手紙が握られている。

手紙によると〝知の惨劇〟とやらは、ホテルニューマカオで起こると書かれていたが、まさかすでに……。

「すみませんっ! 中の人、無事ですか? 返事してくださいっ!」

ドアを激しくノックするが、やはり応答はなかった。

「や、やむを得ない……てりゃーっ!」

ミートは数歩後退して距離を取ると、トイレのドアに向かってドロップキックを放った。

バキィッと派手な衝撃音が車内に響き渡る。薄いドアだったため、一撃でこじ開けることに成功した。

すぐさまドアの隙間《すきま》から中を覗くと、ミートは目を疑った。

狭いトイレの個室。その壁にもたれかかるように、白骨死体が遺棄されていたのだ。

「ゲ……ゲェ――――ッ!?」

ミートの絶叫が車内にこだまする。

鍵は確かにかかっていた。つまり、トイレは密室だったのだ。

自分を熱海に呼び寄せる〈知の渇望者〉は、まるで挨拶がわりとでもいうように、密室で超人一人を殺してみせたということなのか……。

驚愕の事態はまだ続く。ミートが戦慄《せんりつ》していると、白骨死体からプクーッと鼻ちょうちんが膨《ふく》らんだのだ。

「うわあああぁっ!?　……て、あれっ？　こ、この展開どこかで？」

驚いた拍子で外《はず》れかけていたメガネをかけ直すと、ミートは目の前の死体を凝視した。

よく見ると、白骨死体は白骨死体ではなかった。

髑髏《しゃれこうべ》のような顔面の額《ひたい》に書かれた「骨」の文字。腰まで伸びた灰色の長髪。黒の全身タイツに首元に巻かれた真紅《しんく》のマフラー。見覚えのある男の名をミートは叫んだ。

「キ……キン骨《こつ》マン!!　ど、どうして、あなたがここにっ!?」

その瞬間、鼻ちょうちんがパチンと割れて、骸骨《がいこつ》の中の瞳がこちらを覗いた。

「ムヒョ!? なんだ……ミートか。車掌さんかと思って焦《あせ》っただわさ」

地球征服を企む悪の怪人――キン骨マンは、なぜかホッとしたような表情を見せると、ポキポキと全身から音を立てながら大きく伸びをした。

「ボクの質問に答えてください! まさか……この手紙を送りつけたのは、あなただったんですか?」

ミートは〈知の渇望者〉からの手紙を広げると、キン骨マンに突きつけた。

かつて、キン肉マンが怪獣退治をしていた時代に争っていたこの怪人は、好敵手《ライバル》が超人レスラーとして華々しい経歴を歩み、やがてキン肉星の大王になった今でも、〝打倒・キン肉マン〟の野望を捨て切れない復讐の亡者《もうじや》である。

つまり、この手紙はキン骨マンがリベンジマッチをするための果し状だったのではないか。

正体不明の差出人と、意味ありげな文章を添えれば、大王として多忙なキン肉マンでも呼び出すことができると踏んだのかもしれない。

――キン骨マンなら、普通にやりかねない!

ミートが疑いの視線を向けると、骸骨の怪人は「ムヒョヒョ」と笑った。

「な、なにがおかしいんですか!?」

「ミート、落ち着くだわさ」

キン骨マンはファイティングポーズをとったままのミートを制止すると、懐《ふところ》に手を突っ込んだ。

「ムヒョヒョッ。まさか、あちきに届いた手紙がミートにも送られていたとは。これは一体、どういうことだわさ？」

キン骨マンが懐から取り出したのは、ミートと同じく〈知の渇望者〉からの手紙だった。

「ええっ!?　あなたにも届いていたんですか!?」

「そうだわさ。だから、こうしてドクロ星から遠路はるばる、地球までやって来たんだわさ」

手紙をひらひらさせるキン骨マン。それでは〈知の渇望者〉は別にいるということになる。

ミートは思案しながら、もう一つ気になることを訊《たず》ねた。

「ところでキン骨マン。どうして、あなたは新幹線のトイレの中でずっと籠っていたんですか？」

「ムヒョ、それはあちきが考案した節約テクニックのためだわさ」

「せ、節約テクニック？」

ミートが目を細めると、キン骨マンは嬉々として語り出した。

「新幹線に乗り込んだ後、トイレの中にずっと籠っていれば、切符を買わなくてもすむんだわさ。この方法を活用すれば、日本全国タダで旅行し放題だわいな。あちきはこの節約テクニックを宇宙怪人ネットワークで有料公開して、さらにお金を稼ぐつもりだわさ。ム、ムヒョ……

ムヒョヒョヒョヒョヒョッ」

「いや、それただの無賃乗車じゃないですかっ!!」

全く悪びれる様子もなく犯罪行為を自慢する怪人を、ミートが一喝する。

「どんだけマナーないんですか！　あなたのおかげでボクは新幹線で移動中、ずっとトイレを我慢してたんですからね」

「マナーが悪いと言うなら、トイレのドアを蹴破るのもどうなんだわさ」

「うっ……そ、それは二人で駅員さんに謝りましょう」

ミートは駅に着いたら、ドアの修理代とキン骨マンの運賃（どうせお金ないので）を支払うことを心に決めた。

「ともあれ、今回もあちきたちの目的は同じようだわさ。〈知の渇望者〉って奴が、一体何者なのか確かめるためにも、ここはもう一度手を組もうだわさっ」

キン骨マンがひょろりと長い右手を差し出した。

「グ、グムーッ」

ミートは以前の騒動で、キン骨マンと数々の超人殺人を解決したことを思い出した。いや、今思えば、ほとんど自力で解決して、キン骨マンは足を引っ張ってばかりな気もしたが、彼の言動がなければ解けなかった謎があったのもまた事実……。

ミートはとりあえず右手を差し出して、相手の手をがっしりと握った。

キン骨マンが皮肉な笑みを浮かべる。

「ムヒョッ。よろしく頼むだわさ、相棒っ」

「〈知の渇望者〉の正体が、あなたではないことを祈ります」

ミートはキリッとした目つきで答えた。

こうして、知性と悪知恵の凸凹《でこぼこ》コンビは再結成を果たした。ちょうどその時、列車が熱海駅に到着し、プシューと音を立てて乗車ドアが開く。

プラットホームに降り立つと、暑い日差しと潮風が二人を出迎えた。

灼熱のリゾート地・熱海で待ち受けるのは如何《いか》なる凶事か。

新たな事件の幕が上がった。

事件Ⅰ

登場人物紹介

ザ・魔雲天

身体が岩石で
できている。
かなりの怪力の持ち主。

アトランティス

半魚人のような
見た目で水を
操ることができる。

バッファローマン

2本のロングホーンが
特徴。超人強度は
1000万パワー。

スプリングマン

全身が鋼鉄製の
バネであり、その身体を
利用して闘う。

ステカセキング

背中に搭載された
カセットであらゆる超人の
能力を再現可能。

ミスターカーメン

相手の水分を
吸い取り、
ミイラにしてしまう。

ブラックホール

瞬間移動や
影分身など
四次元殺法の使い手。

事件Ⅰ

悪魔超人熱海旅行殺人事件

1

ホテルニューマカオは断崖絶壁の上に建てられたリゾートホテルだ。

客室は350部屋以上。館内はローマ宮殿を模《も》した造りで、オペラハウスのようにレッドカーペットが敷き詰められた扇状のレストラン、巨大な石柱が並ぶルネッサンス調の屋内プール、熱海《あたみ》の海を一望できる露天風呂……など、昭和を象徴するような絢爛豪華《けんらんごうか》な佇《たたず》まいを味わうため、シーズンを問わず全国から観光客が押し寄せる。

時刻は午後三時。ミートはフロントでチェックインを済ませると、きょろきょろと周囲を見回した。

「あ、あれ？　キン骨《こつ》マンがいないぞ。さっきまで隣にいたのに……」

宿泊客が寛《くつろ》いでいるラウンジに目を向けると、口笛を吹きながら小躍りしているキン骨マンの姿があった。ミートはやれやれといった様子で歩み寄る。

「ちょっと、何やってるんですか？　さっそく館内の捜索に行きましょうよっ」

「ムヒョヒョ、そう急《せ》くなミート。せっかく来たんだから、一流ホテルのサービスを堪能《たんのう》するだわさ」

振り返ったキン骨マンの手にはワイングラスが握られていた。よく見ると、顔が赤く染まっていて、酒の匂いがぷんと漂っている。

「えっ？　キン骨マン……まさか、あなた飲んでるんですか？」

「このホテルは最高だわさっ。宿泊者ならそこで、酒もジュースも飲み放題ときた。ムヒョヒョ～ッ！」

キン骨マンが後方に親指を向ける。見ると、スタッフがウェルカムドリンクとして、さまざまな飲み物を宿泊客に振る舞っていた。

「いや、観光に来たんじゃないんですよっ！」

スパークリングワインを口に運ぶキン骨マンを、ミートは一喝した。

「まったく、もう！　少しは緊張感を持って行動してくださいっ」

そう言いつつも、ミートはスタッフのもとに駆け寄って、オレンジジュースを受け取った。

タダ酒を飲みながら、キン骨マンが肩をすくめる。

「それより、よくチェックインできたわいな。こんなにいいホテルなら、常に満室で空《あ》き部屋なんてなさそうだが……」

「実はそれなんですが」

ミートはグラスに差さったストローから口を離すと、神妙な面持ちで言った。

「部屋はすでに予約されてました」

「ムヒョッ？」

「ボクたちがここに来ることを確信していたのか……ボク名義で二人部屋が用意されていたんです。おそらく、手紙の送り主〈知《ち》の渇望者《かつぼうしゃ》〉が手配したんでしょうね」

「むぅ、悪戯《いたずら》にしては手が込みすぎてるだわさ……ていうか、あちきとミートは二人部屋なのか？」

キン骨マンが露骨に嫌《いや》そうな顔をしたので、ミートも言い返す。

「ボクだって、一人部屋がよかったですよ！　でも、あなたの新幹線代とトイレのドアを弁償したせいで、もうお金がすっからかんなんです！　他の部屋を借りる余裕もないので我慢してくださいっ」

行き交う宿泊客たちの好奇な視線に気づいて、二人は言い争いをやめた。ミートはこほんと咳払いをすると話を続ける。

「……ともかく、〈知の渇望者〉は明確な目的があって、ボクたちをここに呼び寄せたのは間違いありません。それともう一つ、フロントで気になる情報を耳にしました」

「ムヒョ？」

「どうやら、このホテルにはボクたちとは別に、七人の超人《ちょうじん》が宿泊しているらしいんです」

「七人？　もしかしたら、その中の誰かが〈知の渇望者〉ってことかいな？」

目をぱちくりとさせるキン骨マン。ミートは首を横に振った。

「いや、その七人は別々に宿泊しているのではなく、団体客のようなんです。そうなると〈知

〈渇望者〉とは、複数の超人たちをまとめた総称なのかもしれませんね」

相手は七人。ミートとキン骨マンの間に緊張が走った。

しかし、ここまで来て、おめおめと逃げ出すわけにはいかない。ミートは気合を入れる意味を込めて、メガネをくいっと押し上げた。

「その超人たちはちょうど今、揃って宴会場にいるようです。さっそく、確かめにいきましょう！」

こうして、二人はエレベーターに乗り込むと、ホテル15階にある宴会場〈嗟嘆の間《さたんのま》〉を目指した。

チンと音が鳴り、エレベーターから降りた瞬間、二人は重苦しいプレッシャーを前方から感じて足を止めた。まるで、何も知らずにサウナに迷い込んだかのように、どっと汗が噴きだす。

いや――全身を伝う汗は凍《こご》えるように冷たかった。陽の光が届かない地獄の底で、悪鬼に取り囲まれたような寒気が二人を襲う。

「ム、ムヒョ……なんなんだわさ、この嫌ぁ～な感じは？」

恐怖ですくんだキン骨マンが両腕で自身を抱きしめる。

「うぅ～っ、この背筋が凍るような重圧……正義超人のものとは思えないぞっ」

ミートはごくりと息を呑《の》むと、勇気を振り絞って、赤い絨毯が敷かれた廊下を進んだ。照明は点《つ》いているはずなのに、廊下に漂う瘴気《しょうき》のせいか、洞穴《どうくつ》の中にいるように薄暗く感じる。

やがて、宴会場の入口が見えてきた。襖《ふすま》の奥からはケケケ……カカカ……マキマキ……といった不気味な笑い声が漏れてくる。

入口前の立札には、宴会場を貸切にしている団体名が、荒々しい筆字でこう書かれていた。


〈7人の悪魔超人《あくまちようじん》御一行様〉


「あ……あぁぁ〜〜〜〜〜っ!!」

ミートの顔がみるみると青ざめる。

健全なファイトなど唾吐《つばは》くが如く、生きるか死ぬかのデスマッチを生業《なりわい》とした正真正銘の極悪非道団体〝悪魔超人軍〟。その実力部隊である7人の先鋭たちが何故、ここ熱海に集結しているのか。

ミートとキン骨マンは目配《めくば》せをすると、真相を確かめるべく、おそるおそる襖の隙間《すきま》から中の様子を窺うことにした。

〈嗟嘆の間〉は四十畳ほどの広さの和風宴会場だった。畳は青々と美しく、縁は全て相模湾《さがみ》が一望できる窓に向かって一直線に伸びている。

床の間には、禍々《まがまが》しく黒光りする水牛の角のような置物が飾られており、部屋の中央には七つのお膳が並べられ、それに収まらない大量のご馳走と酒が座卓に山のように盛られている。

そして、それらを囲うように――旅館浴衣《ゆかた》を着た7人の悪魔がいた！

ミートは息を潜《ひそ》めながら、その姿を一つずつ確認する。

身長2メートル50センチはある巨体、チリチリとしたパーマヘアーから覗く、猛牛《もうぎゅう》を思わせる二本の角。浴衣を着こなし、日本酒が注《つ》がれたお猪口《ちょこ》を静かに口に運ぶのは、7人の中でリーダー格を務める男・バッファローマンである。

その隣では、全身が漆黒《しっこく》の男が前屈《かが》みになって座っていた。男の顔には目や鼻、口といったものが一切なく、代わりに顔面を覆う穴がぽっかりと空いている。驚愕すべきは、その顔面の穴を使って、サザエの壺焼きから立ち込める煙を吸引し、香りを堪能していることだ。宇宙的な神秘を漂わせる男の名は、ブラックホール。

獲物に群がるピラニアのように、剝《む》き出《だ》しになった鋭い牙で海鮮丼を貪《むさぼ》る男がいる。頭を覆うヒレに、鱗《うろこ》で覆われた緑色の肌、血のように真っ赤に染まった眼の持ち主は、狡猾《こうかつ》な半魚人・アトランティスだ。

一方、向かい側には巨大な山が聳《そび》え立っていた。その高さは3メートルに届きそうだ。7人の中でも一番の巨体を誇り、頭のてっぺんから爪先までが岩石でできた大男。超人山脈、ザ・魔雲天《マウンテン》が、焼き鳥の串を一度に十本も手にして豪快に口から引き抜いた。

隣では、コブラの意匠が施《ほどこ》された横縞模様の頭巾《ずきん》を被る男がいる。ツタンカーメンを彷彿《ほうふつ》させる怪しげな風貌《ふうぼう》をしており、熱海名物であるアジの干物を気に入ったのか「マキマキ」と独特な笑い声をたてた。ナイルの悪魔・ミスターカーメンである。

少し離れた位置では、二人の悪魔が肩を組み、マイク片手にデュエットを熱唱している。一人はランドセルを背負い、胴体がカセットレコーダー、両足がヘッドホンの機械超人・ステカセキングである。室内に鳴り響く楽曲は自身のテーマ曲であり、宴会場に設置されたカラオケではなく、胴体のカセットレコーダーから流している。

最後の一人は、巨大なバネに手足が付いた異形《いぎょう》の男。額《ひたい》に刻まれた「S」の文字、鋼鉄の強度と蛇のようなしなやかさを併《あわ》せ持つ、伸縮自在の処刑人・スプリングマンだ。

「あ、悪魔の宴《うたげ》だわさ……」

襖の隙間から地獄の饗宴——いや、狂宴を覗き見たキン骨マンは、かたかたと音を立てて全身を震わせた。たまらず、ミートが小声で囁《ささや》いた。

「ちょ、ちょっと……そんなに音を立てたら、気づかれちゃいますって……」

その時、サザエの壺焼きの香りを一心不乱に吸引していたブラックホールが、ぴくりと反応して、顔を上げた。

「ヘイ！　誰か聞き耳を立てているなっ！」

ブラックホールが襖に向かって、勢いよく指を差した。驚いた拍子でミートとキン骨マンが派手に尻餅《しりもち》をついたので、7人全員に気配を察知される。

「ケケケェーッ！　オレたちの宴を覗くのは、どこのどいつだ？」

背中を向けて座っていたアトランティスは、魚が水面をはねるように跳躍すると、空中で照準を合わせるように襖を睨んだ。

「くらえぇーっ！　ウォーター・マグナム！」

次の瞬間、アトランティスの口から超高圧の水流が発射された。鉄砲魚を彷彿させる水色の弾丸は、正確に入口の襖を射抜き、その裏で身を潜めていた二人を吹っ飛ばした。

「ヒャ、ヒャアアアアッ！」

水流が直撃したミートとキン骨マンは、重なるように倒れ込んだ。アトランティスが着地すると同時に、座っていた悪魔たちが立ち上がる。

「ちょっとキン骨マン、重いです……ど、どいてください！」

「お前こそ、あちきの髪の毛を踏んづけてるだわさっ！」

じたばたとしている二人の姿を見て、スプリングマンが叫んだ。

「ムッ！　あいつら超人みてえだ！　コソコソと何聞いてやがったんだ？　おい、みんなで制裁をくわえるぞ！」

「ゲヒヒッ……よおし、逃すなよ。オレがペシャンコにしてやる」

「マキマキ！　いいや、神のお告げだ！　ここは私がミイラにしてやる」

まさしく四面楚歌、絶体絶命の状況の中で、ミートはよろよろと立ち上がった。すると、この騒ぎの中、冷静に事態を見守っていたバッファローマンが顔色を変えた。

「なっ、ミート!? どうして、お前がここに……!?」

2

ミートとキン骨マンは、〈嗟嘆の間〉で縮こまるように正座をしていた。その周りを7人の悪魔たちが取り囲んでいる。

悪魔超人たちに捕まったミートとキン骨マンは、バッファローマンが取りなしてくれたおかげで、事情を説明することを許された。

ミートは〈知の渇望者〉から謎の手紙が届いたこと。それによると、今日このホテルで超人による〝知《ち》の惨劇《さんげき》〟が起きること。この場にいる者以外でホテルに宿泊してる超人はいないので、悪魔超人たちが何らかの形で関与しているのではないかと疑っていたことを、洗いざらい打ち明けたのだが……。

「フン、なにが〈知の渇望者〉だ! オレたち悪魔超人を何だと思ってやがる」

スプリングマンが苛立《いらだ》たしそうに身体《からだ》を左右に揺らした。

「そうだぜ。いくらオレたちが血の気の多い集団だからって、チビと骸骨《がいこつ》野郎に喧嘩を売るほど暇じゃねえっつーの」

ステカセキングが肩をすくめると、他の悪魔たちもつられるように笑いだした。

「そ、それでは……本当にあなたたちが〈知の渇望者〉ではないとすれば、一体どういった理由があって、熱海にやって来たのですか？」

ミートがおそるおそる訊《たず》ねると、アトランティスが一歩前に出た。

「ケケケッ。オレたち悪魔超人が、超人オリンピック史上初のＶ２を果たしたキン肉マンに、勝負を挑んだ日のことを覚えているか？」

「えっ……も、もちろんです」

大会二連覇で舞い上がっていたキン肉マンの前に、突如として7人の悪魔たちが現れた〝あの日〟は、正義超人《せいぎちょうじん》にとってもミートにとっても、忘れることができない恐怖の一日となった。

ミートは、キン肉マンが試合から逃げ出さないための人質として、身体を七つにバラバラにされたことを思い出し、全身を震わせた。その後、戦いは〈アイドル超人軍ＶＳ悪魔超人軍〉の対抗戦に発展し、ロビンマスク、ウォーズマン、ウルフマンといった名だたる強豪が、この場にいる悪魔たちとの試合で命を落としたのだ。

「おい、勝手にトラウマを感じてるんじゃねえぜ。お前が知りたいのは、オレたちがここにいる理由だろ？」

青ざめた顔をしたミートに、アトランティスが言葉を継ぐ。

「オレたちがキン肉マンに戦いを挑んだあの日、キン肉マンの最初の対戦相手に選んでほしくて、オレが〈一泊二日の熱海旅行〉で奴を釣ろうとしたのを覚えているか？」

「はあ、そんなこともあったような……」

「あの時に用意した旅行券の有効期限が迫っていたので、7人の悪魔超人全員参加の慰安旅行兼、地獄の強化合宿を開催したというわけだ。ケケケェ〜〜〜ッ！」

理由を知ったミートはぽかんと口を開けた。キン骨マンが「仲がいいわいなぁ」と呟《つぶや》く。

「ゲヒヒ……ということで、オレたちは〈知の渇望者〉などと全く関与していない。怪我をしないうちに、とっとと帰ることだな」

魔雲天が両腕を組んで闖入者《ちんにゆうしや》を見下ろした。しかし、ミートも黙ってはいられない。

「ま、まってください……悪魔超人の皆様がこのホテルに来た理由はわかりました。では、〈知の渇望者〉の正体は一体何者なのでしょうか？」

「知るか、そんなもの。ただの悪戯だろう」

スプリングマンが一蹴《いつしゆう》する。だが、ミートは食い下がった。ぞっとするような、恐ろしい展開が頭を過《よぎ》ったからである。

「手紙には、超人による〝知の惨劇〟が起こると書かれています。もし……もし、これが〈超人殺人〉を意味していて、本当に実行されるというならば、この場にいる超人が何者かによって殺されてしまう可能性があります！」

この場にいる誰かが殺される――その言葉に、わずかに緊張感が漂った。

「マキマキ……私の占いでは、そのような凶事は起きないと出ているぞ。それにこのホテルの宿泊客は、我々とお前ら以外、皆人間ではないのか？」

ミスターカーメンはグラスに差さったストローを咥《くわ》えて、ちゅうっと音を立てた。ミートは意を決して口にする。

「ええ。ですから自《おの》ずと……〝知の惨劇〟を実行する超人も、殺される超人も、この中にいる誰かということになります」

「バカ言ってんじゃねえぞっ！」

スプリングマンが眉間《みけん》に皺《しわ》を寄せて怒鳴った。

「どうしてオレたちが、仲間を殺さなきゃならない？　そんなに惨劇が見たけりゃ、オレがお前に〝血の惨劇〟を味わわせてやろうかぁ〜っ！」

ガシャンガシャンと音を立てながら、スプリングマンがミートに迫る。それを見かねてバッファローマンは「よせ」と短く口にした。

「なぜ止める、バッファローマン？　まさか、このチビの言うことを真《ま》に受けてるんじゃねえよなぁ〜っ」

「さてな。だが、用心に越したことはない」

「オイオイ、嘘だろ大将？」

アトランティスは茶化《ちゃか》すように両手を広げた。ブラックホールがため息を漏らす。

「オレもミートの話を信用する。前回の騒動では、とんだに目に遭ったんでな」

そう言うと、ブラックホールは顔面の穴に広がる宇宙をぐにゃりと歪《ゆが》ませて、切なげな笑みを浮かべた。

「ムヒョッ、そうだった。バッファローマンとブラックホールは、前回の騒動でそれぞれ事件に巻き込まれてるんだわいな！」

キン骨マンがぽんと手を叩いた。この二人は、超人が己の必殺技を駆使して起こす怪事件と、それを見事に解決するミートの姿を目の当《ま》たり《あ》にしているのだ。

ブラックホールは納得がいかないといった面々を見て、冷静に説明した。

「超人の能力……その可能性は無限大だ。世の中には、オレより多彩な技を持つ超人がいたっておかしくない。たとえば、超人を意のままに操って、誰かを殺させる能力だってあるかもしれない。〈知の渇望者〉って奴は、そういった能力でオレたちを同士討ちさせようとしてるのかもしれないぜ」

「マジかよ、冗談だろ？」

ステカセキングが苦笑《にがわら》いを浮かべる。しかし、その額には冷や汗が流れていた。

バッファローマンとブラックホール——7人の悪魔超人の中でも、実力的に双璧をなす二人が、ミートの意見に耳を傾けているのだ。もはや、戯言《ざれごと》と一笑に付すわけにはいかない。だが、それでも考えを変えない者もいる。

「フンッ！　なにが〝知の惨劇〟だ、バカバカしい！　一体どいつがどいつの命を狙うのか知らねえが、各々が襲ってくる奴を返り討ちにすれば問題ないだろうが。自己防衛だよ、自己防衛！」

スプリングマンが、悪魔的とも言える解決策を提案すると、アトランティスが同調した。

「違《ちげ》えねえ。その方がスリリングで面白いじゃねえか。さあさあ、宴の続きをしようぜ。ケケケ〜ッ！」

それをきっかけに、一人、また一人とミートのもとから離れていく。

こうして、必死の説得も虚《むな》しく、悪魔の宴は再開された。

3

午後四時。〈嗟嘆の間〉は、さきほど以上に混沌とした熱気に包まれていた。

7人の悪魔は次々とご馳走《ちそう》を平らげ、息をするかのように酒を飲み干す。給仕たちは、そのスピードに追いつくために、宴会場の真ん中に食事と酒をどんどん並べていく。

ミートとキン骨マンは、悪魔たちの説得に失敗したものの、かといって帰るわけにもいかず、宴会場の端にちょこんと座りながら、様子を窺うことにした。

「誰がいつ狙われるか分からないので、単独行動は控えましょう」と、ミートはせめてもの警告をしたが、それも守られることはなかった。悪魔たちは用を足すのか、厨房《ちゅうぼう》に食事の催促にでも行くのか、次々と一人で宴会場を離れてしまう。

唯一の救いは、バッファローマンとブラックホールの二人だけは、時折、周囲を警戒するように目を光らせていたことだ。悪魔超人という立場上、表立って正義超人たちと馴れ合うわけにはいかないが、ミートたちが他の悪魔に邪険《じゃけん》に扱われながらも、宴会場から追い出されないのは、彼らの計らいがあったからに違いない。

午後五時。ミートは遠くから、更なる盛り上がりを見せる宴を眺めていた。

魔雲天は噴火寸前の火山のような唸《うな》り声を上げながら、畳の上で大の字になっていた。その周りには空《から》になったビールジョッキが散乱している、

酒癖が悪いのか、それとも同じ巨漢レスラーとしてライバル意識があるのか、魔雲天はバッファローマンを相手に生ビールの酒豪対決を挑んだのだ。

「アルコール強度ではオレの方が上だ！」などと啖呵《たんか》を切ったが、五十杯目で涙のダウン。一方、無理やり勝負に付き合わされたバッファローマンは未《いま》だ涼しい顔をしており、その酒豪ぶりを見せつけた。

ブラックホールは窓際に一人佇《たたず》み、穏やかに波打つ海を眺めている。片手には、血のように真っ赤な色をしたカクテル——ブラッディマリー。口元には、星が散りばめられたパッケージの煙草《たばこ》——セブンスターを咥《くわ》えている。白い包み紙から立ち昇る紫煙《しえん》が、宇宙を内包した大穴に吸い込まれていく。

宴会場の襖が開き、給仕が二人がかりで木舟《きふね》を運んでくる。いや、よく見ると木舟は、刺身の舟盛りだ。そこには1メートルは超える巨大な真鯛が寝かせられていた。アトランティスが手で涎《よだれ》を拭《ぬぐ》う。

「ケケケ〜ッ！　寿司や刺身も最高だが、やはり魚は丸齧《かじ》りするに限る……」

アトランティスが真鯛に齧りつこうとした瞬間、傍《かたわ》らに広がっていたおしぼりが、ふわふわと宙に浮いた。

アトランティスが酔いでも回ったのかと、両目を擦《こす》っていると、宙に浮いたおしぼりは、まるで生き物のように動き出し、折り紙のように立体的な形を作っていく。

「ゲッ……お前、いつの間に!?」

宙に浮いたおしぼりは、おしぼりではなかった。その正体は、コブラの意匠が施された横縞模様の頭巾《ずきん》――そう、ミスターカーメンの頭部であった。

「フフフ……この私が、最善の魚の召し上がり方を教えてやろう」

どういう原理か、頭部だけとなって宙に浮いていたカーメンは、瞬時にして全身を現すと、懐《ふところ》から槍のように長いストローを取り出した。そして、腰巻きを広げて巨大な真鯛を覆いつくす。

「マッキマキ〜！　ミイラパッケージ！」

カーメンは腰布が巻かれた真鯛に向かって、勢いよくストローを突き刺した。チューチューという不気味な音が室内に鳴り響く。ストローに口をつけたカーメンが恍惚《こうこつ》の表情で、真鯛の身体中の水分を吸い上げているのだ。術中に嵌《はま》った相手を生きたままミイラにする、恐るべき悪魔の秘技である。

ストローを口から離したカーメンは、腰巻きをめくり、さっきまで真鯛だったものを持ち上げた。獲れたてピチピチの新鮮魚は、全ての水分を吸い取られ、天然の干物と化していた。

「そりゃねーぜ、カーメン。新鮮な魚をわざわざミイラにしやがって！」

アトランティスは悪態を吐《つ》くと、ポーランド産のウォッカ、スピリタスが入ったボトルをがぶ飲みした。

「うーん……本当にこのままでいいんでしょうか？」

好き勝手に振る舞う悪魔たちを眺めながら、ミートはキン骨マンに意見を求めた。しかし、いつの間にかに相棒の姿が消えていた。

「あれっ？　キン骨マン……どこへ？」

どこからか哀愁が漂うエレジーが流れてくる。ミートが周囲を見回すと、いつの間にか浴衣に着替えたキン骨マンが、自身のテーマ曲を熱唱していた。

うっとりした表情で、キン骨マンが両手でマイクを握りしめる。その歌にステカセキングとスプリングマンが、ハイボール片手に合いの手を入れている。

「いい歌いっぷりじゃねえか、骨男！　お前も悪魔超人軍に入らないか？」

「ケケケーッ。そしたらこのステカセキング様が、みっちりシゴいてやるぜ〜っ!」

なぜか悪魔の宴に馴染《なじ》んでいるキン骨マンの姿を見て、ミートは頭を抱えた。

それからも、飲めや歌えやの大騒ぎは続く……かに思われたが。


午後六時。襖が勢いよく開かれ、スーツ姿の従業員が飛び込んできた。顔面蒼白で全身が震えている。ただ事ではないことは、一目で分かった。

「ど、どうしたんですかっ?」

ミートが駆け寄ると、従業員は荒い息を整えて叫んだ。

「た、た、大変ですっ!! 当ホテルの露天風呂で、お、お連れ様がぁ……!!」

「えっ……ま、まさか!?」

全員が顔を見合わせる。しかし、その場には一人姿が見えない者がいた。

「露天風呂って、どこですか? 案内してください!」

ミートは、床にへたり込んでいた従業員を起き上がらせた。二人が宴会場を出ていくと、その後をキン骨マンと六人の悪魔たちが追いかける。

〈嗟嘆の間〉と同じく15階には、ホテルニューマカオ名物の天空露天風呂がある。従業員はそこまで案内すると「この先の露天風呂に……お連れ様が……」とのれんの前で立ち止まった。

入口には〈清掃中〉の立札が置かれている。

ミートたちは従業員を置き去りにして、脱衣所に入った。着替えを置くための木棚には、一つとして衣類は見当たらない。

脱衣所から、まずは屋内の大浴場。そして、その先に露天風呂に繋がるスライドドアが見えた。ミートが力を込めて取手を横に引くと、重々しいドアの隙間から外気が流れこんでくる。

スライドドアから一歩踏み出すと、水平線に沈んでいく夕陽と、オレンジ色に染まった大海原が広がっていた。

断崖絶壁の立地を活かした、パノラマ・オーシャンビュー。思わず、息を呑んでしまいそうな絶景だが、視線のすぐ先には目を覆いたくなるような光景が広がっていた。

崖側ギリギリに面した露天風呂、その中心に人影がぷかぷかと浮いている。

異様だったのは、浴衣を着たまま仰向けで浮いていることと、まるで水風船のように全身がぱんぱんに膨らんでいたことだった。

湯煙が晴れて、その姿が露《あら》わになった瞬間、ミートは絶叫した。

「ゲ……ゲエエ――――ッ!?」

露天風呂に浮いていたのは、悪魔超人・アトランティスの溺死体《できしたい》だった。

4

午後六時十五分。

アトランティスの死体はすぐに引き上げられ、石造りの床に寝かせられた。死体を囲むように立っている六人の悪魔たちは、それぞれ鎮痛な面持《おもも》ちを浮かべている。

「バカな……アトランティスは、誰かに殺《や》られたっていうのか？」

バッファローマンは変わり果てた仲間の亡骸《なきがら》を見て、疑問を投げかけた。

アトランティスの死体は溺死体特有の膨張現象を起こしていた。特に腹が異様に膨らんでおり、浴衣の帯がはち切れそうになっている。

「しかし、見たところ目立った外傷はないようだが……」

ブラックホールが顔を強張《こわば》らせる。確かにアトランティスの死体には、超人の必殺技を受けた時に被《こうむ》るであろう、骨折や裂傷といった損傷が見受けられなかった。だからこそ、これが明確な殺人なのか、偶発的な事故なのか断定できずにいる。

「アトランティス……まさか、おめえよぉ。酔っ払ったまま風呂入って、溺れたわけじゃねえだろうなぁ〜？　半魚人が溺れて死ぬなんて、笑えねえじゃねえかよぉ……」

ステカセキングが物言わぬ死体に向かって呟く。その言葉には、同志を失った悔しさが滲《にじ》み出ていた。悪魔たちは顔を見合わたまま沈黙した。

半魚人が露天風呂で溺死――果たして、そんな奇怪なことが起こりうるのか。

「いいえ、これは事故じゃありませんっ！」

皆が心中で思っていたことを否定した者がいた。悪魔たちが声の方向に目を移すと、力強い眼差しをした小さな超人が立っていた。

「アトランティスの死は事故ではありません。これは殺人事件です。超人による殺人事件……〝超人殺人〟です!!」

探偵の面構《つらがま》えとなったミートが宣言した。キン骨マンが震えた声で訪ねる。

「ムヒョッ!? じゃあ、〈知の渇望者〉が予告した〝知の惨劇〟とは……」

「ええ、このことなのでしょう。手紙は悪戯ではなかったようです」

二人が複雑な表情を浮かべて顔を見合う。

悲劇は再び起きてしまった。古《いにしえ》より、リングの上での試合によって全てを解決するべき超人が、己の特殊能力を駆使して殺人を犯した。

――目には目を、知には知をだ！

ミートはこの場にいないキン肉マンに代わって、事件の謎を解くことを決意した。

「おいおい、超人殺人だってぇ～?」

スプリングマンが喧嘩腰で一歩前へ出た。

「オレだって、アトランティスが温泉で溺れるようなマヌケとは思っちゃいない……だが、ここにいる誰かが殺ったとも思えない。超人殺人というならば、まずはこれが事故じゃないことを証明してもらおうか?」

挑発的な態度で迫るスプリングマンに、ミートは静かに頷《うなず》いた。

「アトランティスは浴衣を脱衣所で脱がず、着たまま死亡しています。ということは、彼は温泉に浸かるためではなく、何か別の目的があってここに来たはずです」

「別の目的ぃ？」

「おそらくは犯人に呼び出されたのでしょう。この温泉は午後四時から六時の間、清掃のため宿泊客は利用できないので、密会に最適です。そうですよね、従業員さん？」

ミートが訊ねると、遠くで様子を窺っていた従業員が質問に答えた。

「はい、その通りでございます。清掃自体は余裕を持って五時には終わるので、それから六時までの一時間は、スタッフもお客様も立ち寄らない空間となります。そして、六時になり、スタッフが温泉の営業を再開しようとしたら、露天風呂に浮かぶお連れ様を発見した次第でございます……」

従業員の証言で殺害時刻が、夕方五時から六時の間と特定された。

「あのう……殺人ということならば、超人警察に通報した方がよろしいのでは？」

おそるおそる従業員が口にすると、バッファローマンがぎろりと睨んだ。

「余計なことはしなくていい！　身内が殺られたんだ……この場は我々、悪魔超人が仕切らせてもらう」

「は、はいぃぃっ！　か、か、か、かしこまりましたぁぁっ！」

凄みのきいた猛牛の言葉に、従業員は泣きそうな顔で頷いた。

ミートは、アトランティスの膨らんだ身体をちらりと覗く。

「気になるのは、アトランティスの遺体が異常なほどに膨張していることです」

「ムヒョ？　溺死体って、そうなるもんじゃないんかいな？」

キン骨マンが首を傾げる。

「溺死体が膨らむのは、死亡後に体内のガスが溜まってしまうからです。本来、死後数週間が経過してから起きる現象で、このように死亡直後に身体が膨らむことはあり得ません」

「ムムーッ？　それではなぜ、こやつの身体は膨らんでおるのだ？」

カーメンが顎《あご》に指を当てる。その謎を解明するため、ミートがアトランティスの遺体に触れようとすると……

「正義超人が、仲間に触れるんじゃねえっ！」

スプリングマンが、ミートの手を思い切り叩いた。

しん、と露天風呂が静まり返る。バッファローマンが「スプリング……」と言いかけた瞬間、被せるように怒声が響いた。

「気に入らねえ……ああ、気に入らねえっ!!　どうして、そのチビの戯言に耳を貸すんだ、バッファローマン!?　せっかく7人の悪魔が揃ったというのに、お前はまだそっちに未練があるっていうのかぁ〜〜っ!?」

バネ仕掛けの玩具のように、強い力で押さえつけていた感情が勢いよく弾けた。

「落ち着け、スプリング。オレはただ、仲間を殺したのが誰か知りたいだけだ」

バッファローマンの冷静な態度が、スプリングマンの怒りをより滾《たぎ》らせる。

「悪魔超人が同胞に手をかけるわけがない！　犯人は我々に敵対する勢力が送り込んだ刺客《しかく》に決まってる……つまりは外部犯だ！」

「外部犯だとぉ？」

バッファローマンが眉根を寄せる。スプリングマンは周囲を警戒するように見回した。

「そうさ、心当たりはあるだろう？　先手を打たれたんだ……こいつは戦争だ！」

スプリングマンは、くるりと背中を向けて歩き出した。

「おい、どこへ行く⁉」

「宴会場に戻るのさ。まだ犯人が近くに潜んでいるかもしれねえ、襲撃に備えるんだ。こんな茶番に付き合ってられるか」

スプリングマンの後を、ステカセキング、ミスターカーメン、魔雲天が続く。

「ケケケッ、オレも推理は苦手《にがて》だっ。だからもう戦闘に集中するぜ～っ。アトランティスを殺した野郎には、必ずオレがレクイエムを聞かせてやる」

ステカセキングは、去り際に機械でできた自らのボディをぽんと叩いた。

「ゲヒヒ……オレも同じ意見だ。ここで、あーだこーだ言い合うより、犯人と対峙した時のために、ウォーミングアップをしておく方が性《しょう》に合ってるんでなぁ」

魔雲天は浴衣の袖をまくると、鍛え上げられた剛腕《ごうわん》を覗かせる。

「マキマキッ、私としても犯人はぜひ外部犯であってほしいものだ。仲間の生き血を啜《すす》るのは、気が引けるのでなぁ〜っ」

ミスターカーメンは、犯人への残酷な制裁を想像して、ペロリと舌を出した。

露天風呂に残ったままのブラックホールは、やれやれといった様子で、深いため息を吐く。

「実際のところ、どうなんだミート？　これが所謂《いわゆる》、超人殺人だとして、犯人は外部犯なのか。それとも、我々の中にいるというのか？」

「それは、まだ分かりません。一つだけ言えるのは、あなたたちなら誰でも、アトランティスを殺すことができた……ということです」

「なにぃっ？」

想定外の言葉に、バッファローマンの顔が汗ばむ。

ミートはアトランティスの死体を手速く観察した。やはり、骨折や裂傷といった痕跡《こんせき》は見当たらない。試しに膨らんだ腹部を指で突つくと、死体の口から大量の水が溢《あふ》れた。

「これは……温泉の湯？　アトランティスの身体が膨らんでいるのは、体内のガスが溜まったわけではなく、大量の温泉の湯を飲み込んだから……？」

ミートは、最後に事件現場をもう一度見回すと皆に告げた。

「ともかく、宴会場に戻りましょう。容疑者たちから目を離すわけにはいきません」

5

〈嗟嘆の間〉に戻ったミートは、悪魔たちに向かって呼びかけた。

「これから、アトランティス殺しの検討をしたいと思います。皆様、どうかボクの調査に協力してください！」

バッファローマン、ブラックホールを除く悪魔たちは、正義超人であるミートの介入に不承《ふしょう》不承《ぶしょう》といった様子で応じた。

「ケッ！　まったく、お前もしつこい野郎だぜ」

スプリングマンは呆《あき》れた顔でぼやくと、ミートを勢いよく指差した。

「ただし……もし、犯人を見つけられなかった時は覚悟しろよ！　悪魔を疑った罰として、もう一度お前の身体をバラバラにしてやるっ」

事実上の死刑宣告を受け、ミートの背筋に冷たいものが流れる。バッファローマンが何か言いかけたが、探偵は語気を強めてそれを遮った。

「わかりました……この謎は、キン肉星第58代大王・キン肉マンの重臣《にくせい》である、このアレクサンドリア・ミートの名にかけて、必ず解かせていただきます！」

それは今回の超人殺人に対する宣戦布告だった。

「チッ……勝手にしやがれっ」

スプリングマンが両腕を組んで一歩下がる。ミートの検討が始まった。

「では、事件をおさらいします。アトランティスは犯人に呼び出されたのか、午後五時過ぎに宴会場を抜けて露天風呂に向かいました。現場には争った形跡がなかったので、犯人は何かしらの方法で露天風呂に隠れ潜み、不意打ちで殺害したのだと思います」

「ん～？　あの露天風呂のどこに、隠れ潜む場所なんてあるんだよ？」

ステカセキングの疑問に、他の悪魔も頷いた。事件現場となった天空露天風呂は、空と海が繋がっているかと錯覚するような、開放的な空間だったからだ。

「ええ。だからこそ、アトランティスは不意打ちを食らってしまったのです」

ミートはメガネをくいっと押し上げた。

「あの露天風呂は、前方が断崖絶壁。自分が訪れた時に誰の姿も見えなかったら、待ち合わせ相手が後から来ると思い込み、大浴場に繋がるスライドドアに身体を向けてしまうはずです。犯人は何かしらの能力を使って崖側に隠れ、アトランティスを背後から奇襲したのではないでしょうか」

それができる者が犯人ということになる。全員が目を見合わせた。

「アトランティスが宴会場を抜けた瞬間は判明していません。ここにいる皆様は時間の差はあれど、何度か席を外していますので、全員に犯行が可能だったと仮定します。では、誰ならアトランティスを殺害できたのか、一人一人、検討していきましょう」

ミートは、両腕を組んだまま静かに唸っている悪魔を指差した。

「まずは魔雲天、あなたからです」

「ゲヒッ？」

魔雲天が顔面、いや岩面を歪ませて困惑する。ミートは「これは仮説ですが」と前置きした。

「あなたは、その岩石のような身体を利用して、山肌に擬態することができますね」

「ああ、それがどうかしたか？」

ぶっきらぼうに答える魔雲天に、ミートは鋭い口調で言った。

「では……もし、あなたが露天風呂のそばに置かれた大岩に擬態していたとしたら？」

「フンッ、そんなの一瞬でバレるに決まって……」

そう言いかけた魔雲天の顔が強張《こわば》った。キン骨マンが「ムヒョッ」と叫ぶ。

「いや、バレない……？　露天風呂にはやたらとデカい岩があるイメージが定着しているから、あちきだったら気にしないだわさっ」

ミートの脳裏《のうり》を、アイドル超人軍VS悪魔超人軍の抗争が過る。魔雲天は秩父《ちちぶ》連山《れんざん》でテリーマンと対決した時、岩壁にその身を溶け込ませ擬態していた。

「木を隠すなら森の中、魔雲天を隠すなら岩の中。一見、不意打ちには適してなさそうな、あなたの巨体も露天風呂という環境下なら、存分に隠密性を発揮できます」

「ド……ドヘェ～ッ！　ちがう、オレはやってない！」

魔雲天の岩肌がひたひたと汗で濡れる。ミートは咳払いを一つすると、すぐさま別の悪魔に目を向けた。

「もちろん、これは仮説にすぎません。次はミスターカーメン、あなたです」

「ふっ、私だと？」

カーメンはグラスを片手に余裕の笑みを浮かべると、ストローに口をつけた。

ミートはカーメンの周囲に並べられたグラスをちらりと覗いた。彼が頼んだグラスにはどれもストローが差さっている。

「あなたの最大の武器といえば、常に携帯している巨大ストローでしょう。たとえば、そのストローをシュノーケル代わりにすれば、温泉に潜った状態で待ち伏せすることができますよね」

「ムヒョッ。なるほど、忍者がよくやる水遁《すいとん》の術みたいな感じだわいな」

キン骨マンがぽんと手を打つ。自分が疑われるとは思ってなかったのか、カーメンは顔を紅潮させると、懐から巨大ストローを取り出して二人に突きつけた。

「マ……マキマキッ！　でたらめだっ！　これ以上、私の名誉を傷つけるならば、二人まとめてミイラにするぞっ！」

槍のようなストローの先端がキラリと光る。

「あわわ……勘弁だわさ〜っ!!」

すでにミイラのような見た目をしているキン骨マンがぶるぶると怯《おび》えた。ミートは両手を振って、呪術師を宥《なだ》める。

「ですから、あくまで仮説ですよ……次はスプリングマンです」

「ケッ! オレには擬態や変身なんて器用な真似《まね》はできねえぞ」

スプリングマンは苛立たしそうに、身体を小刻みに揺らしている。

「あなたの場合はシンプルです。断崖絶壁の下からジャンプをして、アトランティスの背後に着地すればいいだけですから」

「なっ……てめえ!」

周囲の視線がスプリングマンの特異な身体に集中する。文字通り、全身バネ人間であるこの超人の跳躍力なら、崖下の岩場から一跳びで、露天風呂まで直行することができるだろう。

ミートはまた要らぬ火花を散らさないため、すぐに次の超人に移行した。

「次はあなたです、ブラックホール」

ブラックホールはどこか自信なさげな顔をしながら頷いた。

「オレはまあ、疑われて当然の能力の持ち主なんだが……やっぱり怪しいのか?」

「はい、ぶっちぎりで怪しいです」

ミートは即答した。宇宙空間に繋がった顔面の穴、瞬間移動、影分身……ブラックホールの反則的な能力の数々は、前回の騒動でもミートたちを大いに苦しめた。

「瞬間移動があれば、アトランティスの背後に現れることなど造作もありません。それに、あなたは宴会中、よく窓際で一人海を眺めてましたよね。あれも本当は、あなたが生み出した影分身で、本体のあなたは露天風呂でアトランティス殺害の事前準備を進めていたのかもしれませ……」

「わかったわかった！　もういいっ！　これほど自身の能力を恨みたくなることはないな、まったく……」

ブラックホールはぐったりとしながら、首を横に振った。

「さて、次にいきましょうか」

ミートが続いて視線を向けた人物はバッファローマンだった。

「オレ、だと？」

「ええ、そうです。先ほど言った通り、この場にいる全員がアトランティスを殺害することが可能です。あなただって例外ではありません」

バッファローマンは意外そうな顔をすると、浴衣の襟《えり》を直した。

「面白《おもしれ》ぇ。聞かせてもらおうじゃねぇか」

探偵と猛牛が睨み合う。リング上での力比べならぬ、事件現場での知恵比べが始まった。

「あなたの代名詞といえば、頭から生えたロングホーンと、１０００万パワーという規格外の超人強度です。ですが、あなたは王子との試合の中で、超人強度をあえて下げることによって、高速で移動するというテクニックを披露しています」

かつての熱戦を思い出したのか、バッファローマンがふっと小さく笑う。

「だが……速く動けたところで、どうにもならんだろう」

「いえ、あなたは過去にその試合で、超人強度を限界の０パワーまで落とすことによって、完全に姿を消すことに成功しています。つまり、堂々と露天風呂でアトランティスを待ち伏せすることができるんです！」

「グ、グムーッ……」

胸板に強烈なチョップを放たれたように、バッファローマンの巨体がぐらりと揺れた。

超人強度０パワーという状態は、鞘《さや》に収めている刀のようなものだ。そのままでは人を殺せないが、殺すまでは刃《やいば》を隠すことができる。

「悪魔超人軍でも生粋《きっすい》の武闘派であるバッファローマンですが……その性格はクレバーかつ、戦術《ストラテジー》に長《た》けた策士家でもあります。あなたが犯人だった場合、これまでの常識を覆《くつがえ》すような斬新なトリックが使われるのは、間違いないでしょう！」

この宇宙で初めてキン肉バスターを破った男。ミートにとってバッファローマンは、その能力を高く評価をしているからこそ、犯人になったら一番厄介《やっかい》な存在だった。

「フッ、そんなこと言われたら血が滾るじゃないか。お前と戦うために、犯人になるってのも悪くないかもな」

バッファローマンが不敵な笑みを浮かべた。言葉通りに受け取るなら、今回の事件では犯人ではないことを意味しているが、悪魔の真意を読むことは誰にもできない。

「最後は、ステカセキング。あなたは超人の特徴や癖を吹き込んだカセットテープを胴体にセットすることで、本人と全く同じような能力を再現することができますよね」

「ケケケッ、そうだぜ。そして、このミラクルランドセルの中には、強豪超人たちの刷新されたデータ〈新・超人大全集〉が詰まっている～っ！」

ステカセキングは誇らしげに背中を向けると、ランドセルの中に収納されたカセットテープを見せつけた。ミートは改めてステカセキングの能力を確認すると頷いた。

「つまり、理論上――あなたは、今説明した全ての方法を実行することができます」

「ゲッ!?」

これが超人殺人の検討だということを忘れていたステカセキングは、手足をジタバタさせながら慌てて否定した。

「オ……オレじゃねーっ！　確かに、オレ様はこの場にいる全員の能力を再現することができるが、今言った方法を思いつくとは限らねえだろ！　いや、絶対思いつかねぇ！」

「なんだか、悲しい反論だわいな……」とキン骨マンがぽつりと呟く。

ミートは改めて、六人の悪魔たちを見回すと語気を強めて言った。

「今説明した通り――擬態、潜水、跳躍、分身、瞬間移動、透明化、変身を駆使して、ここにいる全員が被害者を殺害することが可能です」

「能力が多彩すぎるだわさっ!!」

キン骨マンはうんざりしたように頭を抱えた。ブラックホールが訊ねる。

「まて、ミート。殺害方法はどうなる？　超人殺人である以上、犯人は己の必殺技《フェイバリット》を駆使してアトランティスを殺したはずだ。一体、奴はどんな技をかけられて絶命したというのだ？」

ミートの表情が曇る。まだ、その謎は解けていなかった。

「そうですね……全員にアトランティスを殺すチャンスはあった以上、どのような必殺技《フェイバリット》で殺されたのかが特定できない限り、犯人を絞り込むことはできません」

骨折や裂傷といった外傷がなかった点、大量の湯水を飲み込んでいた点、それらを総合すると、一つの仮説が浮かび上がった。

「こんな仮説はどうでしょうか。犯人は何かしらの必殺技《フェイバリット》……たとえばパイルドライバーのような体勢でアトランティスを地面に激突させようとしたが、誤って露天風呂の湯船に落下してしまい溺死させてしまった。これならば、水中なので激突のダメージを負わなくて済んだことと、大量の湯水を飲んで溺死したことの説明がつきます」

「ムヒョッ！　それなら犯人は、相手を地面に激突させる技を得意とする者になるなっ」

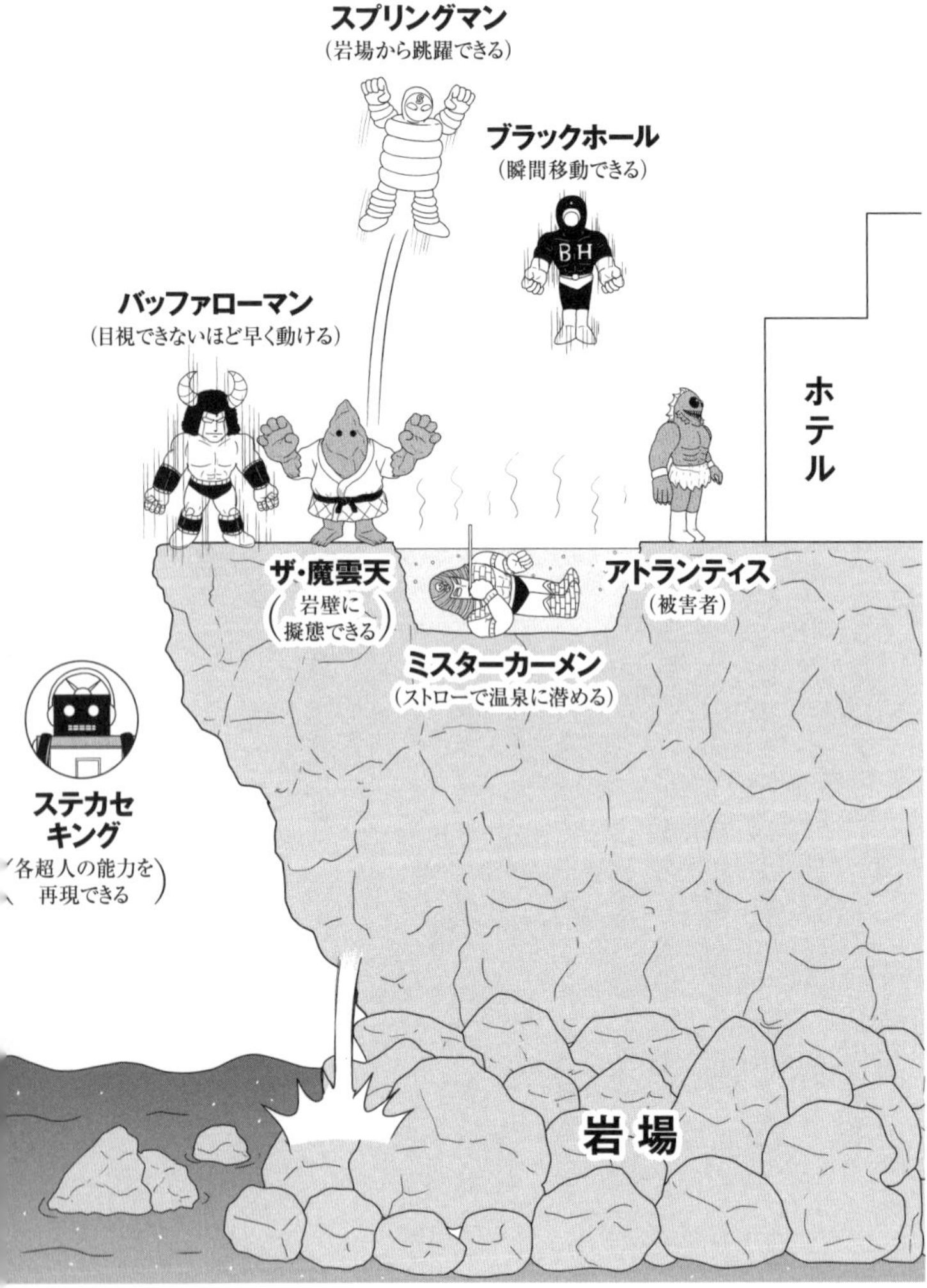

スプリングマン
（岩場から跳躍できる）
ブラックホール
（瞬間移動できる）
バッファローマン
（目視できないほど早く動ける）
ホテル
ザ・魔雲天
（岩壁に擬態できる）
アトランティス
（被害者）
ミスターカーメン
（ストローで温泉に潜める）
ステカセキング
（各超人の能力を再現できる）
岩場

その言葉に悪魔たちがざわついた。だが、言った本人のミートは首を傾げている。確かに筋は通っている。しかし、何か違和感を覚える。

そもそも、半魚人である超人が溺死することがおかしい。水中デスマッチの名手であるアトランティスが、相手を溺れさせるならともかく、自身が溺れることなどあり得るのだろうか？

まさかスプリングマンの言う通り、犯人は外部犯で、アトランティスと互角以上の実力を持つ水棲《すいせい》超人だとでもいうのだろうか。

思考が出口の見えない迷宮を高速で駆け巡る。推理に行き詰まっているのを察したのか、キン骨マンがアイスティーの入ったグラスを手渡してきた。

「ムヒョヒョッ。まあ、そう煮詰まっていたら、解ける謎も解けなくなるだわさ」

「あ、ありがとうございます……ん？」

ストローに口をつけたまま、ミートは眉を顰《ひそ》めた。やけに酒臭いなと思ったら、キン骨マンの片手にはウォッカの入ったボトルが握られていたのだ。どうやら、宴会場に残った酒を勝手に飲んでいるらしい。

「あなたは呑気《のんき》でいいですねっ！　ボクはこの謎が解けないと、バラバラにされちゃうんですよ、もうっ！」

ミートが怒鳴ると、キン骨マンはふらふらとした足取りでのけぞった。

「ム、ムヒョヒョ？　な、なんだこの酒、めちゃくちゃ酔うだわさっ」

キン骨マンが持つボトルのラベルを確認して、ミートはため息を吐いた。

「当たり前でしょうっ。それは、ポーランド産のスピリタスといって、アルコール度数96という世界で一番強いウォッカですよ……」

その瞬間——ミートの脳裏に稲妻が走った。

「そ、そうか!! アトランティスは、酔っていた!!」

「どうした、ミート? まさか、お前……」

ただならぬ気配を感じ取ったのか、バッファローマンが顔を覗き込む。ミートは悪魔超人たちの立ち振る舞いを一つ一つ思い出すと、犯人を結論づけた。

「皆様、この超人殺人の犯人が分かりました」

悪夢のような狂宴が、終わりを迎えようとしている。

果たして、犯人は誰なのか?

なぜ、アトランティスは大量の湯水を飲んで死亡していたのか?

今、解決編のゴングが鳴った!!


【知性の神の挑戦状】

読者の諸君。まもなく、超人殺人の真相が明かされる。

汝《なんじ》が溢れる知性の持ち主と豪語するならば、己の知恵と想像力を駆使して、この謎に挑んでみていただきたい。

なに、恐れることはない。容疑者は多いが、きちんとした論理のもとで適切な推論を重ねれば、自ずと犯人は一人に絞り込めるだろう。

最初の超人殺人ということなので、特別に重大なヒントを授《さず》けることにする。

①　犯人は殺人の際に自身の必殺技を駆使したこと。
②　殺害に使用した必殺技が分かれば、必ず犯人を特定できること。
③　宴会の最中と事件後では、犯人にある変化があること。

付け加えるならば、動機から犯人に辿り着くことはできないので、事件の中で知り得た情報に集中するべきだろう。

汝が観客席から試合を眺めるのではなく、リングに上がってくれることを期待していよう。

それでは、デビュー戦の健闘を祈る。

フハハハハ〰〰〰ッ!!

6

〈嗟嘆の間〉では、探偵を前に六人の悪魔たちが佇んでいる。

「犯人が分かっただと……？」

外部犯説を強く信じるスプリングマンは、怒りと焦《あせ》りが混ざったような複雑な表情をしている。

「はい。やはり、犯人を明らかにするために断言した。

ミートは真相を明らかにするために断言した。


悪魔たちが色めき立つ。キン骨マンもさすがに酔ってる場合じゃないと思ったのか、両手で頬をパシパシと叩いた。

「ム、ムヒョ……そ、それで犯人は一体、誰だわさ？」

ミートは一度息を大きく吸い込むと、人差し指を突き出した。

「アトランティスを殺害した犯人はあなたです!!　ミスターカーメン!!」

狂喜乱舞の宴が行われた会場が静寂に包まれる。

ナイルの秘術師、ミイラ職人《マイスター》のカーメンは、独特の笑い声を響かせた。

「マッキマキィィ～～ッ！　私が犯人だと？　一体何の根拠があって、そのようなデタラメを口にしたのだ？」

「デタラメではありません。論理的に推理を重ねた結果、あなた以外に犯人はあり得ないという結論に至ったまでです！」

探偵と犯人の視線がぶつかる。二人の剣幕に押されて、キン骨マンも他の悪魔たちも固唾《かたず》を飲んで見守ることしかできない。

「マキマキッ、それならこちらも反論させてもらおうか。お前が想定した各々《おのおの》のアトランティスを不意打ちする方法だが……私が実行することは不可能だ！」

「ムヒョッ、どういうことだわさ？」

キン骨マンが首を傾げると、カーメンは怪しく笑った。

「みんな思い出してほしい。殺害現場の露天風呂は湯気こそ立ち込めていたが、浴槽に張られていた湯は無色透明だったはずだ。いくらアトランティスが入浴目的以外で露天風呂を訪れたとしても、目の前の温泉に一度ぐらいは目を向けるはずだろう。つまり、ストローを使った水《すい》遁《とん》の術は通用しないってわけだ」

カーメンの主張に皆が頷く。しかし、ミートはすぐに返答した。

「ええ、あれは仮説だと言ったはずです。あなたには、より完璧な擬態方法があったので全く問題ありません」

「なにぃ……!?」

ミートはあれから、カーメンによるもう一つの擬態方法を思いついていた。

「あなたは首から下を透明化し、さらに頭部すらも一枚の布に擬態することができます。では、折り畳まれた布が露天風呂の周辺に置いてあった場合、それを見た者はどう思うでしょうか？」

「ムヒョッ？　そんなのバレるに決まって……」

キン骨マンは顔をはっとさせた。

「あっ……ああ〜〜っ！　バ、バレないっ！　露天風呂に折り畳まれた布があっても、誰かが置き忘れていったタオルとしか思わないだわさっ」

「その通りです。カーメン、あなたはこの方法が相手に通用するかどうかを、宴会中にさりげなくテストまでしてましたね」

アトランティスが巨大な真鯛を食べようとした時、おしぼりに擬態していたカーメンがそれを横取りした。あれは、その後のトリックの成否を占う、予行演習だったのだ。

「……だったら、なんだ！　不意打ちができる方法があるのは、他の者も同じだろう！」

カーメンは疑惑の視線を跳ね返すように手を払った。

「はい。犯人を特定するには、やはりアトランティスを殺害した必殺技が何だったのかを解き明かす必要があります」

あちこちで、ごくりと息を呑む音が聞こえた。

目立った外傷が見当たらず、大量の湯水を飲んで膨らんだ身体。どの悪魔の必殺技にも当てはまらない、奇妙な死体の秘密が今明かされる。

「なんだ……？　アトランティスを殺した技とは一体……？」

バッファローマンが訊ねると、ミートはその答えを告げた。

「〈ミイラパッケージ〉です」

「………なに？」

予想外の回答だったのか、バッファローマンは目を瞬《しばたた》いた。

「ミ、ミイラパッケージだとぉ……!?」

スプリングマンがミートに摑《つか》みかかる勢いで前にでる。

「馬鹿も休み休み言えっ！　よりによって、死体の状況と一番遠い技じゃねえか！」

「ええ、だからこそです。カーメンの最大奥義であるミイラパッケージの餌食《えじき》になった者は、身体中の血液を吸い尽くされて生きたままミイラにされます。当然、水分を抜かれてカラカラになった死体が発見されたら、自分が犯人だと疑われてしまうので、死体にある工作を施す必要がありました」

「死体に工作……ま、まさかっ!?」

ブラックホールの声が震える。ステカセキングは、探偵と犯人を交互に見ながら取り乱した。

「なんだよっ？　どういうことだ？　オレ様にも分かるように、ちゃんと説明してくれぇっ！」

ミートは両目を閉じると、メガネをくいっと押し上げた。

「つまり、アトランティスは大量の湯水を飲んで死んだのではなく、死んだ後に大量の湯水を注入されていたんです」

「死んだ後に、湯水を注入……？」

魔雲天が両腕を組んだまま唸る。

「順を追って説明します。露天風呂でタオルに擬態していたカーメンは、不意打ちのミイラパッケージによって、アトランティスをミイラ化させて殺害しました。そして、巨大ストローを使って血液を吸う時に開《あ》けた穴から、今度は大量の湯水を送り込んだのです。一度、カラカラに干からびたアトランティスの死体は水分を取り戻し、やがて溺死体のように膨張していきます。これが不自然な死体の正体です！」

――半魚人は溺れたのではなく、干からびて死んだ。

死者の取り扱いに長けたミイラ職人《マイスター》だからこそできた、悪魔の死体偽装トリックだった。

「バカなっ……おい、カーメン!!　なぜ黙ってる!?　否定しろっ!!」

仲間の犯行を信じないスプリングマンが、激しくその身体を揺らす。沈黙を貫くカーメンの代わりに、探偵が口を開いた。

「おそらく浴衣に隠れていたのでしょうが、アトランティスの死体をよく調べれば、どこかにストローで開けた穴の痕《あと》が必ず見つかるはずです。これでもまだ、あなたは自分が犯人じゃないと言い逃れできますか？」

3カウント寸前にフォールを返すように、俯《うつむ》いていたカーメンが顔を上げた。

「マ……マキマキッ！　面白い推理だが、お前は大事なことを忘れているぞ。この中には、超人の能力を再現できる者だっているんだ！　今のトリックはステカセキングでも実行できる！　私が犯人と断定することはできないっ！」

「カ、カーメン……」

ステカセキングが切《せつ》なげな表情で同胞を見つめる。ミートは冷静に言い放った。

「いいえ、カーメン。犯人はあなたです」

「なぜだっ!?　なぜ、私だと断定できるのだ!?」

「なら、説明してください。どうして宴会の間、あなたはお酒を一滴も飲んでいなかったのにもかかわらず……今、酔っているのでしょうか？」

周囲の視線がカーメンに集中する。その顔はほのかに赤く染まっており、吐き出される息には酒の匂いが混じっていた。

「あなたはもともと下戸《げこ》なのか……それとも犯行前に酔っ払いたくなかったのか、宴会中にアルコールの摂取を控えていましたね。それはあなたのテーブルにある全てのグラスに、ストローがささっていることが証明してます」

ミートは宴会中にカーメンが腰を下ろしていた場所を指差した。見ると、その周囲のグラスにはどれもストローが差さっている。

心当たりがあったのだろう、キン骨マンが声を上げた。

「ムヒョッ！　た、確かに……居酒屋や宴会場では、ソフトドリンクとアルコールの取り違いが起きないために、ソフトドリンクにストローをつけて区別してることがあるだわさっ」

ミートはホテルにチェックインした時に提供されたウェルカムドリンクを思い出した。ミートのオレンジジュースにはストローが差さっていた。ファミリー客が多いリゾートホテルで、子供が誤ってジュースと似たカクテルを口にしないための配慮だろう。

それは宴会中に運ばれる飲み物も例外ではなく、他の悪魔たちが浴びるように喉に酒を流し込む中、カーメンが持つグラスには全てストローが差さっていたのだ。

「では、なぜ酒を絶っていたはずのカーメンが、まるでアルコール度数の高い酒でも摂取したかのように酔っているのでしょうか？」

探偵は一拍置いて、トドメの一撃とも言える真実を放った。

「アトランティスにミイラパッケージを仕掛けた時、彼の血液に含まれていたアルコールも一緒に吸い取ってしまったからです！　これが、あなたがミイラパッケージを仕掛けたことを断定できる、決定的な証拠ですっ！」

キン骨マンは片手に握ったままのボトルをちらりと覗いた。それは宴会中にアトランティスが口にしていた、世界一のアルコール度数を誇る酒だった。

「悪魔超人はタダでは死なず……か」

魔雲天は死んだ同志を悼むように両目を閉じた。アトランティスの血液と共にカーメンに移ったアルコールは、死者が残した目に見えぬダイイング・メッセージとなったのだ。

「マ、マキ……マキマッ……」

カーメンは天を仰ぎながら膝から崩れ落ちた。それは犯行を認めたと同義であり、もはや誰も彼を庇うことはできなかった。

「なぜだっ……なぜだ、カーメン!? どうして、アトランティスを殺した!?」

スプリングマンが動機を問いただすと、カーメンは虚《うつ》ろな表情で答えた。

「宴会が始まる前に、ホテルのプールでひと泳ぎしていた時だった……アトランティスと魚の食べ方について口論になったのさ。あいつは以前から、私が新鮮な魚を干物にして食べることを気にしていたからな。いつもなら、そのままスパーリングに移行するのだが、なぜだかそんな気分になれなくて」

「……何を言ってるんだ？ そ、そんなことで同胞を殺したのか？」

理外《りがい》の回答にスプリングマンは声を震わせた。カーメンが両手で頭を抱える。

「か、神のお告げがあったんだ！ 『知性によって超人を殺せ』と何者かが私に語りかけてきたんだ！ なぜだか、その言葉に逆らうことができず殺意がみなぎり……気づけば私は、アトランティスを超人トリックによって殺してしまっていた！」

「神……？」

ミートはぴくりと反応した。そして、直感する。

手段は一切不明だが、おそらくカーメンは〈知の渇望者〉から超人殺人の実行役に選ばれたのではないか。その黒幕が未だ姿を現さないということは……

——超人殺人はこれで終わりではない？

ふと窓を見ると、穏やかだったはずの海は荒れ狂い、空には暗雲が立ち込めている。強大な黒幕の存在を察知し、探偵は戦慄《せんりつ》した。

「ああっ！　私はなんてことをしてしまったんだ！　許してくれ、アトランティス！　許してくれぇぇぇぇっ！」

嗚咽《おえつ》の混じった絶叫がこだまする。

古代エジプトの秘術を操る悪魔・ミスターカーメンは、同胞を殺めた己自身を呪い続けた。

「……〈知の渇望者〉、一体何者なんだ？」

泣き崩れるカーメンを見下ろしながら、バッファローマンが呟いた。冷静を保っているように見えるが、強く握りしめた拳《こぶし》からは血が滲み、畳を紅《あか》く染め上げている。

ミートは怒《いか》れる猛牛に向かって宣言した。

「このような悲劇を二度と繰り返させないためにも、〈知の渇望者〉は、ボクが必ず捕まえてみせます！」

こうして、ホテルニューマカオで起きた超人殺人の幕が降りた。

事件Ⅱ

登場人物紹介

カレクック

インド出身の
残虐超人。頭に
カレーを載せている。

カニベース

イタリア出身の
カニの姿を
した超人。

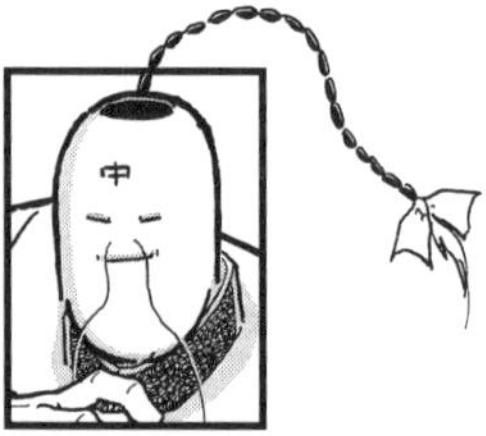

ラーメンマン

1000の技を持つ
超人拳法の使い手。
料理も得意。

スカイマン

華麗な空中殺法を
得意とする
マスクマン。

事件 II

激辛超人王殺人事件

1

——すまない。

犯人は自分がこれから殺《あや》める超人《ちょうじん》を見下ろしていた。

以前、巷《ちまた》を騒がせた〝超人殺人〟。犯人はまさか自分がそれを実行することになるとは夢にも思わず、複雑な心境だった。一方で、狂おしいほどの関心を抱かずにいられない。

己の知性を振り絞ったトリックを解ける者が、果たしてこの宇宙にいるのだろうか？

それは超人レスラーが鍛え抜かれた肉体から繰り出す必殺技を、強豪相手にどこまで通用するのか試さずにはいられない、性《さが》のようなものだった。

——いや、私のトリックを見破ることは誰にもできない！

犯人はリング上で試合をしている時とは大きく異なる景色を眺めながら、標的の死が確定する瞬間を見届けた。

こうして人知れず、第二の事件の幕が上がったのであった。

2

時を遡《さかのぼ》ること三十分前。

大勢の来園者で賑わう井《い》の頭《かしら》公園に、ミートとキン骨《こつ》マンはやって来た。

吉祥寺駅《きちじょうじ》から徒歩五分、都会にいることを忘れさせる広大な自然と、池に浮かぶ白鳥ボート。クヌギが生い茂る散策路には、休日の来園者を癒やすように涼しげな風が流れている。

「日曜日とはいえ、すごい賑わいですね。何かイベントでもあるんでしょうか？」

ミートはきょろきょろと周囲を見回した。キン骨マンが大きく欠伸《あくび》する。

「ムヒョヒョ〜。しかし、こんな長閑《のどか》な公園で超人殺人なんて起きるんかいな？」

「にわかには信じられませんが……もはや悪戯《いたずら》と悠長に構えてもいられません」

深刻な面持《おもも》ちでミートは頷いた。その手には一通の手紙が握られている。

熱海《あたみ》で起きた超人殺人を解決した翌日。ミートとキン骨マンは地球滞在中の拠点にするため、世田谷《せたがや》区にあるキン肉ハウスを訪れた。だが、そのことを察知していたかのように、ポストの中には怪しげな手紙が入っていたのだ。

差出人は〈知《ち》の渇望者《かつぼうしゃ》〉。

『○月△日　井の頭公園にて、超人による〝知《ち》の惨劇《さんげき》〟が起こる』

……と、前回同様の予告文が綴《つづ》られていた。

「今回の騒動を引き起こした張本人は、どういうわけかボクたちを超人殺人の現場に導きたいようですね。できることなら、事件を未然に防ぎたいのですが……」

ミートは言いようのない不安に駆られていた。

このことはキン肉星《にくせい》にいるキン肉マンにも報告済みで、大王としての職務を片付け次第、すぐに地球に向かうとのことだった。それまでの間、ミートはキン骨マンと二人で事件に向き合わねばならない。

ふと、気になることを思い出して、ミートは隣に立つ相棒を見上げた。

「そういえば、キン骨マン。どうして、あなたはボクと行動を共にしているのですか？」

「ムヒョ？」

「いや……前回、あなたがボクと行動を共にしたのは、行方不明になった王子を捜索するという目的が一致したからです。そうなると、今回のあなたには〈知の渇望者〉の正体を追ったり、各地で起きる事件を解く義理はありませんよね」

「言われてみればそうだわさ」

キン骨マンはあっさりとした口調で返した。もちろん、この男がなんの理由もなく捜査に協力するわけがない。ミートは鋭い視線を相手に向けた。

「……それともボクと一緒にいれば、いずれ地球に駆けつける王子に、リベンジマッチを仕掛けることができると考えているのですか？」

「ムヒョヒョッ、安心するわいな。あちきはブタ男にリベンジするために、お前と行動を共にしてるわけじゃないだわさ」

「えっ？」

キン骨マンはキザったらしく灰色の長い髪を掻《か》き上げた。

「あちきは、今回の超人殺人を巻き起こした黒幕に興味があるだわさ」

「〈知の渇望者〉にですか？」

「ムヒョヒョ、お前も薄々気づいているはずだわさ。今回の騒動を起こした奴は、きっとそこらの超人じゃない。〈知の渇望者〉が何を企んでいるかはまだ分からんが、あちきにとって都合のいいことならば、新しいパートナーに選んでやってもいいわいな」

衝撃の発言にミートは声を荒らげた。

「なっ!?　そ、それじゃ、あなたは今回の騒動を止めるために、ボクと手を組んだわけじゃないんですか!?」

「それは、今後のなりゆき次第で決めるだわさっ」

骸骨《がいこつ》の怪人がカタカタと不気味に笑う。ミートはごくりと息を呑《の》んだ。

――やはり、この男は信用ならない！

かといって、追い払うわけにもいかない。どのみち何をしでかすか分からないような男ならば、目の届く範囲で監視していた方がいい。

「ムヒョヒョ、それより見えてきただわさ」

話題を変えるようにキン骨マンが前方を指差す。見ると、大勢の人だかりの先に巨大な特設ステージが建てられていた。

「たくさんの来園者で賑わっているのは、このイベントのせいだったんですね」

ミートは〈激辛超人王決定戦《げきからちょうじんおう》〉と書かれた横断幕を見上げた。ステージには、料理番組のように調理器具一式が揃えられたキッチンが三組並んでいる。

何よりも驚いたのは、会場の熱気だ。周囲には唐辛子やハバネロを両手に握りしめた観客たちが「ゲッキィ〜カラッ！　ゲッキィ〜カラッ！」と叫びながら、イベントの開演を今か今かと待ち侘《わ》びている。マイナーイベントにしては異様な盛り上がりだった。

ミートは近くにいたイベントスタッフからパンフレットを受け取り、目を通す。

「……どうやら、このイベントは〈激辛超人王決定戦〉の名の通り、我こそは激辛王だと自負する超人たちが、母国のソウルフードを競い合うグルメフェスのようですね」

肝心《かんじん》の参加超人の名は伏せられていた。とはいえ、この公園で超人殺人が起きるなら、イベントの参加者が事件に巻き込まれる可能性は非常に高い。

「まずは、このイベントに参加する超人を見つけましょうか」

ミートは人混みを掻き分けながら、ステージ裏手に回った。すると、カラーコーンで隔離されたエリアの先に、大型のテントが建てられていた。

屋外イベントでは周囲の視線を遮るテントが楽屋代わりになる。ミートが中にいる超人を確かめようと近寄ると、入口の前に立つスタッフに呼び止められた。

「んー？　ちょっと、キミたち。この先は関係者以外、立ち入り禁止だよ」

赤いTシャツを着たスタッフが、怪訝《けげん》な表情をしたまま両手を突き出す。

「あ、すみません。でも、緊急事態なので」

「固いこと言うなだわさ」

ミートとキン骨マンはするりと身をかわすと、テントの入口に手をかけた。スタッフが慌てて、二人の前に回り込む。

「ちょ、ちょっと……入っちゃダメだってば！　真顔で正面突破しないでよ！」

ミートは、両手を広げて仁王立ちをするスタッフに事情を説明する。

「す、すみません。でも、この公園で超人殺人が起きるかもしれないんです。事件を未然に防ぐためにも、中にいる超人と話をさせてください！」

「ちょ、超人殺人だってぇ……!?　そんなこと言って、中にいるアイドル超人を一目見たいだけのファンなんじゃないの？」

「えっ、このイベントにアイドル超人が参加するんですか？」

ミートが目を丸くすると、スタッフは慌てて口を塞《ふさ》いだ。

「い、いけない。会場が混乱しないように伏せていたのに……と、ともかく、どんな理由があろうと、この中に入れることはできないからね！」

「そうはいきません！　取り返しのつかない事態になる前に中に入れてくださいっ」

「ダメなものはダメだよ！　さ、あっち行った！」

頑《かたく》なに二人を追い払うスタッフに、キン骨マンが舌打ちした。

「ムヒョ……面倒だわいな」

キン骨マンはスタッフの前で屈《かが》むと、相手の両足首を摑《つか》んで手前に引いた。「わわっ」と声を漏らしてスタッフが尻餅《しりもち》をつく。そのまま素速い動作で、自身の両脚を相手の両脚に絡める。

「う、うわあああああっ！」

四の字固めをかけられたスタッフが、苦悶《くもん》の表情を浮かべて絶叫する。

「何をしているんですか、キン骨マン!?　……乱暴はよくないですよっ」

「お前こそ、突っ立ってないで加勢しろだわさ！　仲間を呼ばれたら厄介《やっかい》だわいなっ」

ミートが困惑していると、騒ぎに気づいたのか、テントの中から何者かが現れた。

功夫《カンフー》服に身を包んだその超人は、切れ込みを入れたような細い目を僅《わず》かに見開いた。そしてパンと手を叩くと、目の前で騒いでいた三人の動きがぴたりと止まった。

「――彼らは私の友人だ。入れてあげてくれ」

美しく束《たば》ねた弁髪《べんぱつ》、風に靡《なび》くどじょう髭《ひげ》、額《ひたい》に刻まれた「中」の文字。手を後ろで組みながら、穏やかな表情を浮かべている超人の名は……

「ラ……ラーメンマン!!　どうして、あなたがここに!?」

超人拳法の達人であり、アイドル超人の中で最強の呼び声も高い、超実力派超人の登場にミートは驚愕した。キン骨マンもポカンと口を開けたまま、スタッフに絡めていた両脚を外し、四の字固めを解除する。

「キン肉星大王の重臣《じゅうしん》・ミートと、宇宙の小悪党・キン骨マンか……。フッ、これまた奇妙な巡り合わせだな」

ラーメンマンは口元を緩《ゆる》めると、来客を迎えるように手招きした。

「まあいい、話は中で聞こう。私に凶事を報《しら》せに来たのだろう?」

そう言うと、くるりと背を向けてテントの入口をくぐる。

こちらの考えを見透かしているかのような発言に、ミートとキン骨マンは不思議そうに顔を見合わせた。

3

大型テントの中は幅4メートル、奥行き6メートルほどの広さだった。

テントの四方は幕が垂らされており、外から中の様子を窺うことはできない。端には長机とパイプ椅子が置かれ、イベントの参加者のために用意された飲み物や紙コップが並んでいる。

逆に言えば、それ以外は何もない。全宇宙にその名を轟《とどろ》かせるアイドル超人の楽屋とは思えない殺風景な空間だった。

「さて、話してもらおうか。犬猿《けんえん》の仲である二人が、行動を共にしているのだ。よほどの事情があるとみた」

テントの中央で、ラーメンマンが二人に向かって訊《たず》ねる。

まるで、荒野を歩く旅人のような佇《たたず》まい。醸《かも》し出す強者の雰囲気にミートはたじろいだ。

「さすがはラーメンマン。あなたの読み通り、ボクとキン骨マンは〈知の渇望者〉と名乗る正体不明の存在を追うため、一時的に手を組んでいます」

「……〈知の渇望者〉？」

ラーメンマンは興味深そうに、その名を口にした。

「その前に、一つ確認させてください。このテントには、あなた以外の超人の姿が見えませんが、他の参加者はどこにいるのでしょうか？」

「ああ、他の二人ならこの公園のどこかにいるはずだ。イベントの開演時間も近い、そろそろ戻ってくる頃だろう」

「そうですか、まいったなぁ」

ミートの顔が曇った。事件を防ぐためには、全員に事情を説明する必要がある。

「ムヒョヒョッ、まあ無理もないだわさ。あちきだって、こんなテントに押し込められるくらいなら、外に出て時間を潰《つぶ》すわいな」

キン骨マンは一人パイプ椅子に腰かけて、紙コップにウーロン茶を注《つ》いでいる。ラーメンマンは口髭《くちひげ》を指先で触れながら頷いた。

「それもあるが……参加者は皆、激辛王の座をかけて競い合うライバルだ。戦いの前に馴れ合いは不要。自《おの》ずと参加者同士が距離を置いたということだろう」

「ムヒョ～ッ。なんか、思ってた以上にガチンコな大会だわさ」

「ところで、ボクたちが来た理由ですが……」

ミートが逸《そ》れた話を戻そうとすると、ラーメンマンは「ふっふふ……」と背中を揺らして笑い始めた。そして、懐《ふところ》に手を入れて、何かを取り出した。

「こと〝食〟に関して、中華と並ぶ歴史を持つ国はない……私は〝残虐《ざんぎゃく》ラーメン〟こそが究極の一品であることを証明するため、この日本にやって来た！」

その手には『男は黙って残虐ラーメン』と表記されたカップラーメンが握られている。

凪《な》いだ海のように穏やかだった表情は、いつの間にか嗜虐《しぎゃく》的な笑みへと変貌《へんぼう》していた。残虐超人時代の一面を垣間見《かいまみ》て、ミートとキン骨マンが戦慄《せんりつ》する。

その時、外から二人の超人がテントに入ってきた。

「ムッサァ～ッ……聞き捨てならないな」

テント内がスパイシーな香りで満たされる。頭上にカレーライスを乗せた褐色《かっしょく》の超人が言い放った。

「インドに伝わる神秘——香辛料熟練者《スパイスマスター》であるこのオレを差し置いて、激辛超人王を名乗るとは笑止千万！」

分厚《ぶあつ》い唇でニヒルな笑みを浮かべるのは、ラーメンマンと同じく〝三大残虐超人〟に数えられるインドの破戒僧《はかいそう》・カレクックである。

続くように、隣に並ぶ覆面超人《マスクマン》がチッチッと指を振った。

「おっと悪いが……辛さに関してはメキシコのチリソースをたっぷりかけたタコスがナンバーワンだ。それこそ、空までぶっ飛ぶ辛さだぜ！」

覆面から覗く色気のある垂れ目、逞《たくま》しい肉体美を際立《きわだ》たせるタイツを穿《は》いた超人は、メキシコの空中殺法の名手・スカイマン。

三人の超人が睨み合う。イベントの名の通り、ピリピリとした空気が漂った。

「な、なんだか懐かしい顔ぶれだわさ」

キン骨マンは〈第20回超人オリンピック〉ファイナリストである三人を見て、しみじみと呟いた。怪人の妨害、残虐ファイトに考慮してラジオ放送となったBブロック、そしてキン肉マンの優勝……今よりも〝なんでもあり〟だった大会を思い出す。

「あ、あの……盛り上がっているところ、本当に申しにくいのですが」

気まずそうにミートが切り出した。

「超人殺人を阻止するためにも、今日のイベントは中止にしてください」

「え？」

火花を散らしていた三人の超人たちが同時にのけぞった。

4

イベントに参加する超人が揃ったところで、ミートはこれまでの経緯《いきさつ》を説明した。

三人の超人はしばらく悩んでいた様子だったが、ラーメンマンがまず口火を切った。

「ふむ……熱海で起きた超人殺人の話を聞く限り、今回の予告も悪戯ではないと考えるべきだろう。そうなるとイベントの中止はやむを得んな」

冷静な判断だった。血に飢えた鬼人《きじん》のような表情は、すでに正義超人《せいぎちょうじん》の知将《ちしょう》のそれに切り替わっている。一方で憤怒《ふんぬ》の感情を隠せない者もいた。

「オイ、本気で言ってるのかっ？　オレはこの大会のために、凶器用ではなく、飲食用のカレーを頭に乗せてきたんだぞ！」

カレクックのはらわたが——いや、頭上のカレーがぐつぐつと煮えくり返る。怒れる超人の肩にスカイマンがぽんと手をのせた。

「ミートの話だと〈知の渇望者〉は超人を操り、殺人を実行させる能力があるかもしれないようだ。だとしたら、オレがキミを殺してしまうかもしれない。そうならないためにも、ここはイベントを中止してお互いを監視し合うべきじゃないかな」

「スカイマン……たしかに、お前の言う通りだ」

カレクックは無念そうに頷いた。陽気な色男が無邪気そうに笑う。

「なーに、気を落とすなアミーゴ。イベントは中止するが、せっかくだから日本を観光して帰ろう。オレはさっき見た雄大なフジヤマに行きたくてたまらないんだ！」

「うむ……曲突徙薪《きょくとつししん》、凶事は未然に防ぐに限る」

ラーメンマンが微笑む。こうして参加超人の意見もまとまり〈激辛超人王決定戦〉は中止することになった。悪魔超人《あくまちょうじん》の時とは違い、聞き分けのいいメンバーにミートは安堵した。

「皆様のご協力に感謝します！　さっそく、このことをイベント主催者に伝えてきます！」

運営本部のテントは少し離れた場所にある。ミートが颯爽《さっそう》と楽屋テントを飛び出すと、さきほどのスタッフが何者かと言い争っていた。

「だからぁー！　オレはたまたま公園に来ただけで、アイドル超人のファンじゃないガニ！」

騒いでいるのは緑色の皮膚をした超人だった。触覚のように頭部から飛び出た目玉、甲殻類《こうかくるい》を思わせる鋭いハサミ、イタリアが産んだ愛すべき蟹《かに》の化身に、ミートは背後から声をかけた。

「カニベース……!?　こんなところで、何をしているのですか？」

「おお、ミート！　久しぶりだガニ～ッ」

カニベースは振り向くと、再会の喜びを表現しているのか、手術によって五本指にしたハサミをチョキチョキと動かした。

「ちょうど近くを歩いていたら、面白そうなものを見かけたもんで、この公園にやって来たんだガニ。ミートも同じ理由ガニか？」

「いえ、ボクは……それと残念ですが、今日のイベントは中止になりますよ」

「えっ、中止……!?」

驚いたのはスタッフの方だった。関係者でもなんでもない超人が、イベントの中止を宣言したのだから無理もない。ミートは説明を求めるスタッフに先んじて訊ねた。

「ところで、カニベースと揉《も》めているようでしたが、何かあったのですか？」

「あ、いや……この超人が楽屋テントに近寄って、不審な行動をしていたので注意していたところでした」

「不審な行動？」

「はい。テントを囲う幕にハサミで切れ込みを入れて、中を覗いていたんです」

スタッフはテントの側面にある幕を指差した。見ると、幅10センチほどの横一文字の切れ込みが入っている。カニベースは顔を紅潮させて抗議した。

「覗きなんて人聞きが悪いガニ！　どんな超人が中にいるのか気になっただけガニ！」

それを覗きと言うのではないか、とミートが返答に困っていると……

「ギャアアアア――――ッッ!!」

断末魔のような絶叫がテントの中から響いた。

その直後に、だれかが地面に倒れるような鈍《にぶ》い音。別の超人たちが騒いでいる声がテントから漏れ出す。

「まさか……そんなっ!?」

ミートはテントを凝視した。さっきまで自分もいた、それも幕一枚隔《へだ》てただけの場所で超人殺人が起きたというのか？

——いや、ありえない！

テントの中には三人の超人とキン骨マンがいる。そんな状況で何者にも悟られずに超人殺人を行うことなど不可能だ。

不安を振り払うように、ミートはテントの入口をめくると中に入った。カニベースとスタッフがそれに続く。

ミートは目の前に広がる光景を見て、驚愕の声を上げた。

「ゲ……ゲエエエ————ッ!?」

テントの中では、他の超人に見下ろされながら、スカイマンが泡を吹いたまま絶命していた。

5

「……こ、これは一体どういうことですかっ!?」

事件をまたしても防げなかったことに憤《いきどお》りを感じながら、ミートは死体を囲むように並ぶ超人たちに訊ねた。

ラーメンマン、カレクック、キン骨マンの三人は顔を青ざめたまま立ち尽くしている。

「ど、どうしたもこうしたもないだわさ……スカイマンがいきなり苦しみ出したと思ったら、泡を吹いて倒れただわさ！」

「いきなり……倒れた？　そんなバカなっ！」

ミートが問い返しても、キン骨マンはあたふたとするばかりである。他の超人に目を向けると、ラーメンマンが神妙な面持ちで答えた。

「キン骨マンの話に間違いはない。私たちはミートがテントを出た後も会話を続けていた。それから一分も経たないうちに、スカイマンは全身を痙攣《けいれん》させて死亡したのだ」

面長《おもなが》な顔に汗が伝う。そして一拍置くと、強調するように言った。

「――断言するが、その間に私たちはスカイマンの身体に指一本触れていない」

「そ、それじゃ、スカイマンはどうやって……」

ミートは仰《あおむ》向けで横たわるスカイマンの亡骸《なきがら》を見下ろした。

メキシコの太陽のように陽気な姿は見る影もない。苦悶の表情で両目を見開き、口から吹いた泡がマスクから溢《あふ》れ出ている。

奇妙だったのは、今回の死体も目立った外傷が見当たらなかったことだ。

「まず、スカイマンの死が事故だったのか、事件だったのかを調べる必要があります。彼に持病があったかどうか知っている人はいませんか？」

すぐさまカレクックが首を横に振った。

「オレはスカイマンとはタッグを組んだ経験もあり、付き合いは長いが……そんな話は一度も聞いたことがないぞ」

「ではやはり、彼は何らかの方法で殺されたと考えるべきですね」

その場にいた超人たちが息を呑む。皆の話を統合すると、ミートが目を離した僅かな隙《すき》に、スカイマンは他の超人がすぐ側にいる中、ひとりでに死亡したという。

「毒……？」

おもむろにミートはそう呟いた。

スカイマンはテントに入る前に、すでに毒を盛られていた。それならば、死体に外傷がないことも、全身を痙攣させて死亡したという証言とも一致する。

「ムヒョッ、毒殺……そうか、その手があったかいな！　なんか、殺しの手段がストレートすぎて、逆に気づけなかっただわさ！」

キン骨マンがぽんと手を打つ。

たしかに毒殺は、殺人事件の手段の中でも定番《ポピュラー》だ。しかし、それは人間の殺人に限る。犯人が超人となると大きな疑問が浮かび上がった。

「なぜ……なぜ超人が、わざわざ毒殺なんて方法で殺人を行ったんだ!?」

ミートはこれまで遭遇してきた超人殺人を思い返すと、重々しい口調で告げた。

「今までの超人殺人の犯人は、必ず犯行に自身の身体的特徴や必殺技、特殊能力を駆使してきました。人間が殺人をする際に使いがちな刃物や拳銃、毒物よりも、己の肉体の方が殺傷能力が高いからです。超人が超人を殺す〈超人殺人〉において、ただの〝毒〟が使用されることなど、本当にあり得るのでしょうか!?」

ミートは今回の事件がこれまでのものと、全く異質なことに気づき戦慄した。

——殺人に毒を用いるなど、まるで〈人間殺人〉じゃないか……!!

その場にいる全員が目を見合わせる。そこでキン骨マンが、ミートの後ろで様子を窺う超人の存在に気がついた。

「ム、ムヒョッ……ていうか、そこいるのって、カニベースかいな?」

「その通りだガニ。さっきから誰も触れてくれなくて寂しかったガニ」

カニベースが一歩前へ出る。

「久しぶりだなキン骨マン。イワオは一緒じゃないのガニ?」

「イワオは婚活中だわさ。あちきと違ってモテない怪獣は大変だわいな」

ムヒョヒョと笑うキン骨マンに、カレクックが苛立《いらだ》ちを露《あら》わにした。

「お前ら、世間話なら後でしやがれ！　理由は分からんが、この中にいる誰かがスカイマンを毒殺したのは確かなんだ……このまま犯人が名乗り出ないなら、スカイマンを蘇《よみがえ》らせて真相を聞き出そうじゃないか！」

カレクックは超人強度を差し出すため、自身の胸に手を添えた。

超人はたとえ死んでも蘇ることができる。その代表的な方法の一つが〈超人強度〉の譲渡だ。しかし、生命の源ともいえる超人強度を、そう簡単に分け与える者はいない。

「ムヒョ〜、あちきはパスだわさ」

いの一番にキン骨マンが手を振った。カニベースが申し訳なそうに続く。

「スカイマンには悪いが、オレの超人強度は2パワーしかないんだガニ」

「なにっ、2万パワー？　お前、超人強度を分けたくないからって、過小報告してないだろうなぁ〜っ！　いるんだよなぁ、割り勘をする寸前に金欠アピールする輩《やから》が……」

カレクックが訝《いぶか》しむと、カニベースは真顔で答えた。

「いや、2万パワーじゃなくて、2パワーだガニ。だから、オレが協力したところで何の足しにもならんガニ」

「えっ……2？」

衝撃的な数値に戸惑う一同。カレクックは声を荒らげた。

「もういいっ！　お前らの力なんて借りる必要はない！　オレの超人強度は60万パワー。幸い、超人強度45万パワーのスカイマンなら、独力で蘇らせることができる」

元タッグパートナーとしての絆か、カレクックは単身で死者を蘇生《そせい》させる覚悟だ。その様子を眺めていたラーメンマンが、小さく息を吐いた。

「落ち着け、カレクック。怒りは真実を曇らせるぞ」

「なぜ止める!? まさか、スカイマンが蘇ったら都合が悪いことでもあるのか!?」

カレクックの顔面は憤怒《ふんぬ》に塗れている。一方、ラーメンマンは静かな殺気を全身に纏《まと》うようにして言った。

「私を疑っているなら、考え直した方がいい。相棒を蘇らせる前に、お前の首が飛ぶぞ」

「なんだとっ……」

残虐超人界に君臨する二人の修羅《しゅら》が睨み合う。ミートは慌てて仲裁に入った。

「二人とも、やめてくださいっ！ スカイマンの蘇生は、彼が死ぬまでの間の行動を把握してからでも遅くないはずです！」

「ミート、お前まで……なぜスカイマンの蘇生に反対する!?」

カレクックの怒りを鎮《しず》めるため、ミートは冷静に言い放った。

「スカイマンを蘇らせたところで、犯人が誰なのか分かる保証がないからです」

「どういうことだ？ 死人に口なしは、超人界では通用しないはずだっ」

「それは被害者が犯人の殺意に気づいた場合に限ります。犯人はおそらく、スカイマンに悟られないように毒を盛ったはずです……。被害者が自身の死因や、死が確定したタイミングを理解していないならば、重大な証言は期待できません。それどころか、殺害方法が分からない段階でスカイマンを蘇らせたら、犯人によって再び殺される可能性すらあります！」

「あ……ああ〜〜っ!!」

カレクックの顔から血の気が引いていく。現段階ではスカイマンは死んだままの方が安全なのだ。死んでいる限りはそれ以上殺されることはないのだから。

この事件には被害者の蘇生による〝裏技〟が通用しない。ミートはメガネを指で押し上げると、推理によって事件を解決する決意をした。

「確認します。イベントの参加者であるラーメンマン、カレクック、スカイマンの三人は、それぞれが別行動をする前に、この楽屋テントで顔を合わせていますね？」

ラーメンマンとカレクックは同時に「ああ」と答えた。ミートが無言で頷く。

「その後、三人は決戦前に馴れ合うことを控えて別行動をすることになりました。その間に、スカイマンと二人きりでいた時間はありませんでしたか？」

この質問に、ラーメンマンは少し考えてから答えた。

「私は待機時間の間、この楽屋テントに一人残って兵法書《へいほう》を読んでいた。それからしばらくして、スカイマンが戻ってきたので二人で茶を飲んだ」

「二人でお茶ですか？」

ラーメンマンは頷くと、長机に置かれたペットボトルを指さした。キン骨マンも飲んでいたウーロン茶だ。すぐ側には空《から》になった紙コップが二つ並んでいる。

「スカイマンは、はじめこそ私たちに合わせて別行動をしていたが、彼自身は知っての通り陽気な性格をしている。そのため、イベントの緊張感を損《そこ》なわない程度に、参加者との会話を楽しみたかったのだろうな」

「なるほど。そして、あなたにはこの時、毒を盛るチャンスがあったわけですね。遅効性の毒なら、再びテントに参加者が揃った時にスカイマンが死んだとしても、矛盾はありません」

「そういうことになるな。無論、私がリング外で……それも毒を用いて超人を殺めるなど、あり得ないことだが」

己の持つ情報を全て吐き出したのか、ラーメンマンは口を閉ざして沈黙した。さきほどに比べて、多少は落ち着きを取り戻したカレクックがため息を吐《つ》く。

「調べたら分かることだろうから正直に話すが、オレも同じようものだ。待機時間は公園を散策して時間を潰していた。その途中でスカイマンが話しかけてきたから、二人で景色を眺めながら会話をした」

「それだけですか？」

ミートが確認すると、カレクックは頭上のカレーライスを指差した。

「いや……お互いの勝負料理を食べ合った。オレのカレーライスと、スカイマンのタコスをそれぞれ試食したんだ。今思えば、あれも単なる口実で、あいつは参加者と会話を楽しむきっかけが欲しかったんだろうな。それから、イベントの開演時間が近づいてきたので、二人でこの楽屋テントに戻ったわけだ」

「そうでしたか。つまり、あなたにも毒を盛るチャンスはあったことになりますね」

「フン。カレーを乗せた外道と呼ばれた、このオレにも流儀はある。人間じゃあるまいし、殺しのために、どこぞで毒を仕入れるような真似《まね》などするものか」

こうして、二人の超人の聞き取り調査が終了した。

「なあ……オレは事件とは無関係だし、もう帰っていいガニか？」

三人目の容疑者であるカニベースが、気まずそうに切り出した。ミートは首を横に振って、その要求を拒否する。

「ダメです。あなただって容疑者の一人なんですから」

「ど、どうしてガニ？　オレはスカイマンと二人きりで接触などしてないガニ！」

カニベースは威嚇《いかく》するように、左右のハサミを振り上げた。

「でも、それを証明する方法はありません。それにあなたは少なくとも、スカイマンの死の直前に、外からこのテントの中を覗き見していたそうじゃないですか」

ミートはテント側面の幕を指差した。そこには外側から見たものと同じく、横一文字の切れ込みが入っている。イベントの参加超人が気になり、カニベースが自身のハサミで作った覗き穴である。

「飲食物に毒を盛る以外にも、毒殺させる方法はあります。たとえば、あなたはこの覗き穴から、吹き矢のようなものを使って、スカイマンに毒針を発射したのではないでしょうか？」

「ガ……ガニィ～ッ!?」

カニベースの目がぎょろぎょろと泳ぎ出す。ミートはすかさず追撃した。

「あなたの超人強度は2パワー。そんなあなたが、超人オリンピック決勝戦で、テリーマンを敗北寸前まで追い詰めたルチャマスター・スカイマンを正面から殺害するのは困難でしょう。だからこそ、あなたは超人でありながら毒殺という暗殺方法を選んだのではないですか？」

「オ……オレだって、超人オリンピックでは、数多《あまた》のライバルを押しのけてイタリア代表に選ばれた超人だガニ！　暗殺なんて卑怯《ひきょう》なことはしないガニ！」

頭の後ろで手を組んでいたキン骨マンが、訝しげな表情で言った。

「ムヒョヒョ……どうだか。こいつは超人オリンピックで予選落ちした腹いせで、予選を勝ち進む出場者の妨害行為をするような卑怯者だわさ」

「それはお前の指示だガニ！」

カニベースが吠える。キン骨マンは、なんのことやらと言いたげに肩をすくめる。

「だいたい、イベントの参加超人と違って、お前だけ偶然ここにいるってのが、すでに怪しいだわさ。いつから辛党になったんだわさ？」

「辛党……なんの話ガニ？　オレは白衣大観音《びゃくえだいかんのん》のような仏像を、遠くから見かけたから拝《おが》みに来ただけガニ！」

会話が噛み合わず、お互いが首を傾げる。その時、テントの外からスタッフが飛び込んできた。

「あっ、スタッフさん。イベントの方は大丈夫でしたか？」

ミートが心配そうに顔を覗き込む。

楽屋テントの入口をガードしていたスタッフは、あれからイベント運営本部にスカイマンの死を報告しに行っていた。荒い息を整えながらスタッフが告げる。

「運営本部は今回の事件を受けて、正式にイベントの中止を決定しました。ああ……今日という日のために、全国から集結した辛党たちに申し訳がたちません！」

イベント中に有名超人が死亡したとあっては、警備問題の責任やブランドイメージの失墜で、次回開催は絶望的だろう。スタッフは拳《こぶし》を握りしめて叫んだ。

「これでもう〈激辛超人王決定戦〉はおしまいだ!!　超人殺人は起きるし、公園の噴水は故障するし、まったくなんて日だ……」

「えっ、公園の噴水が故障した？」

ミートが訊ねると、スタッフはうんざりとした様子で答えた。

「特設ステージの近くにある池の噴水が突然止まっちゃったんです。噴水の噴出口に、なんか白い塊《かたまり》がかぶさっていたのが原因らしいんですけど……公園の管理人だけじゃ対処できないってことで、うちのスタッフも駆り出されて、異物の撤去作業を手伝わされたんですよ」

事件の直前にあった噴水の故障。果たして、二つのトラブルは偶然重なっただけなのか？

「あの……それで、噴水にかぶさっていた白い塊って、何だったんですか？」

「いやぁ、それがよく分からなくて。なんかこう柔らかくて、ねっちょりとしていて、でかくって、生き物じゃないんだけど、化学物質とかでもなさそうで……」

スタッフは両手を広げると、幅30センチほどの大きさを示してみせる。

その時、ミートの脳裏《のうり》に稲妻が走った。

「そ、そうか……そういうことだったのか！」

テントで起きた超人殺人と、噴水の故障が一つに繋がった。

ミートはその場にいる超人をぐるりと見回すと、高らかに宣言した。

「皆様、この超人殺人の犯人が分かりました」

奇妙なる超人毒殺事件の真相が、今明かされる。

犯人はいかなる方法で、スカイマンを毒殺したのか？

今、解決編のゴングが鳴った！

【知性の神の挑戦状】

さて、今回の事件だが少々手強《てごわ》い。大方の読者は、なんとなく犯人の目星は付いているが、その殺害方法までは気づけていないのではなかろうか。

単なる予想ではなく、確信を持った推理ができるように、今回もヒントを授《さず》けることにする。

①　被害者の死因は毒殺に間違いないこと。

②　重要なのは毒の出所であること。

③　噴水を詰まらせた〝白い塊〟の正体が分かれば、犯人は特定できること。

無論、動機から犯人に辿り着くことはできない。

汝が柔軟な発想力と、大いなる知性の持ち主ならば、自ずと殺害方法も看破できるであろう。

それでは、健闘を祈る。

フハハハハ〰〰〰ッ!!

6

楽屋テントにところ狭しと並ぶ、事件関係者たち。その中心には、今なおスカイマンの死体が横たわっている。

「ムヒョヒョ。それで一体どいつが犯人なんだ、ミート？」

キン骨マンに促されて、ミートが推理を始めようとした時……

「ちょっと待つガニ！　お前は何の権限があって、探偵みたいな真似をしてるガニ〜〜ッ？」

カニベースがハサミを激しく振って、場の空気を断ち切った。

「どうしたんですか、カニベース？　犯人が誰か、知りたくないのですか？」

「それは、もちろん知りたいガニ！　ただ……お前が間違った推理をして、オレが犯人扱いをされたら、たまらないガニ！」

カニベースは自身が疑われていることを気にしているのか、探偵の推理を拒《こば》んだ。

「ムヒョヒョ……往生際の悪い奴だわいな。ミートの推理力はあちきが保証するから、大人しくしてろだわさ」

キン骨マンが呆《あき》れたような視線を送る。

「し……知ったこっちゃないガニ！　とにかくオレは帰らせてもらうガニッ！」

忠告虚《むな》しく、カニベースはずかずかと出口に向かって走り出した。すると、それまで静観していたラーメンマンがカッと目を見開いた。

「アチョ――――ッ！」

猛々《たけだけ》しい掛け声とともに、ラーメンマンがパイプ椅子を蹴り上げる。

パイプ椅子はミートたちの頭上を飛び越えて、テントの出口前に落下した。行く手を阻《はば》まれたカニベースが急停止する。それと同時にラーメンマンが跳躍。美しい放物線を描きながら、達人はパイプ椅子に着席した。

「面白い……正義超人界一の頭脳と謳《うた》われた名探偵の推理、このラーメンマンが立ち会おうじゃないか」

伏魔殿《ふくまでん》と化したテントに裁きの神が舞い降りた。

逃げ場を失ったカニベースが後退《あとずさ》りする。カレクックは不満げに肩をすくめた。

「オイオイ、自分だけ高みの見物か？　お前だって犯人の可能性はあるんだぞ」

「自分が犯人ではないことは自分が一番知っている。逆もまた然《しか》り……犯人は今のうちに名乗り出た方が身のためだぞ」

ラーメンマンの問いに、カレクックもカニベースも答えない。

ミートは「それでは」と一言告げると、推理を再開した。

「まず、今回の事件でもっとも不可解なのは……犯人が〝毒殺〟という超人らしからぬ殺害方法を選んだことです」

「ムヒョ〜ッ。たしかに超人である犯人が、足がつかないように気をつけながら、わざわざ毒物を調達したと思うとシュールだわさ」

キン骨マンが顎《あご》に手を当てて、斜め上を見る。

「では、なぜ犯人は超人でありながら、殺人に毒を用いたのだ？」

ラーメンマンが訊ねると、ミートはここまでの前提を覆《くつがえ》す、衝撃の事実を告げた。

「答えは簡単です。犯人が使用した毒は、どこからか調達したものではなく、己の肉体を駆使して生み出したものだからです」

「ム、ムヒョヒョッ!? そ、そんなことができる奴が、この中にいるんかいな!?」

キン骨マンがその場にいる超人の顔を見比べる。

「──毒蟹《がに》か？」

ラーメンマンがぽつりと呟いた。皆の視線が緑色の超人に集中する。

「ムヒョ……？ フグならともかく、蟹に毒なんてあるんかいな？」

キン骨マンが首を傾げる。ミートは静かに頷いた。

「毒を持つ蟹だって存在しますよ。たとえば、日本にも生息するスベスベマンジュウガニは、小さな身体とは裏腹に、足一本を食べただけで大人が死亡するほどの強力な毒を持っていることもあります。カニベースが同じような毒を持っていれば、それを吹き矢に塗りたくり、一撃必殺の毒矢を作ることも可能でしょう」

蟹の化身である超人、カニベースの顔がみるみると青ざめていく。

「なっ!? オ、オレはその……スベスベなんとかガニじゃないガニ!! 信じてくれガニ!! オレは毒なんて持ってないし、生み出すこともできないガニ～ッ!!」

泣き喚くカニベースに、キン骨マンは冷静に告げた。

「じゃあ、お前を解剖するから、体内に毒がないか証明させろだわさ」

「そ、そんなことしたら、オレが死ぬガニ!」

「ムヒョヒョ、心配するな。本当に毒がなかったら、たった2パワーだし、すぐに蘇らせてやるだわさ」

「お前……人の心ないんガニか!?」

蟹と骸骨の言い争いを眺めながら、カレクックは深く息を吐いた。

「ムッサァ～……呆れて怒りも湧かなくなるほど、くだらない真相だったな」

カレクックは罪人を憐《あわ》れむように両目を閉じた。頭上のカレーライスは、休眠中の火山のように穏やかな湯気を立てている。

ミートはメガネをくいっと押し上げて言った。

「……ですが、仮にカニベースが自在に毒を生み出せたとしても、公園の噴水を詰まらせた白い塊の謎が残ります」

ラーメンマンがぴくりと反応する。

「つまり、毒殺の方法は他にもあったということです。残念ですが、このまま逃げ切ることはできませんよ」

ミートはこの事件の首謀者と向き合うと、勢いよく指差した。

「犯人はあなたですね……カレクック！」

褐色の修行僧は、怒りを宿した両眼を探偵に向けた。

「ムッサァ〜ッ……オレが犯人だと？」

「はい。あなたは驚くべき方法をもって、スカイマンを毒殺しました」

「たわけ！　オレは毒など持ってない。なんなら、この場で身体検査でもしてみるか？」

カレクックは両手を広げて無罪を主張した。頭上のカレーライスが、怒りと連動してぐつぐつと煮えたぎっていく。

「もちろん、いくらあなたの身体を調べても毒は見つかりません」

探偵は一度言葉を区切ると、犯人を見上げた。

「──今の大きさのままでは」

真相に気づいたのか、ラーメンマンの顔が強張《こわば》った。キン骨マンとカニベースは、きょとんとした顔をして、推理の続きに耳を傾けている。

「思い出してほしいのは、ボクとキン骨マン、そしてイベントの参加超人がこのテントに揃った時の会話です」

ミートは全員に確かめるように、くるりと回りながら言った。

「イベントの中止に全員が同意した後、スカイマンはこんな台詞《せりふ》を口走っていました。『オレはさっき見た雄大なフジヤマに行きたくてたまらないんだ』……と」

「そ、それのどこが、変なのだわさ?」

キン骨マンはまだ腑《ふ》に落ちていない。

「妙だとは思いませんか? ここ、井の頭公園から100㎞は離れた富士山《ふじさん》が見える位置は、ごく限られています。天候にもよりますが、ほとんどの場合は森やビルの隙間《すきま》からチラリとその影を覗ける程度です。それなのに彼はなぜ、〝雄大〟などという言葉を使って、感動を表したのでしょうか?」

ミートは、奇妙なる超人毒殺事件の真相を明かした。

「今回の事件は、ボクたち超人が闘いの中で忘れかけている〝ある特性〟が利用されました。スカイマンがこの公園から富士山の雄大さに感動できた理由は一つ。彼は巨大化した犯人の肩に乗って、高所から雄大な富士山を見下ろしていたのです!」

「ムヒョッ!? きょ、巨大化〜〜〜っ!?」

キン骨マンは懐かしい響きに、昔を思い出した。

今よりも、なんでもありだった時代。超人プロレスのルール上、徐々に忘れられつつある超人の共通能力——それが、巨大化である。

「フン……仮にオレが巨大化したとして、それがスカイマンを毒殺したことと、どう繋がるっていうんだ?」

カレクックが反論するが、その顔には激辛カレーでも食べたように、大量の汗が流れている。

ミートは手を緩めずに続けた。

「あなたは待機時間中に、スカイマンと景色を眺めながら互いの料理を試食し合ったと言ってましたね。その時に、さりげなく富士山について話題にしたのでしょう。スカイマンはこの国の名峰《めいほう》に興味を示しましたが、公園から富士山を望むには遠すぎます。そこであなたは巨大化して、自らの肩にスカイマンを乗せました。ここで重要なのは、巨大化したのは、あくまでカレクックだけだということです！」

「ムヒョ……つまり、スカイマンは元の大きさのまま、ということだわいな？」

キン骨マンの言葉に、ミートは力強く頷いた。

「はい。そして巨大化したカレクックは、富士山の雄大さに感動するスカイマンにこんな提案をしたのです。『なあ、スカイマンよ。日本の魂〝フジヤマ〟を眺めながら、オレの頭上のカレーを食べてみないか？』……と」

「巨大化したカレーを食べさせる？　やはり、そういうことか！」

ラーメンマンは我が意を得たりといった様子で、カレクックの頭上のカレーに注目した。

「カレクックは今日のイベントのために、頭上に凶器用ではなく飲食用のカレーを乗せています。注目すべきはその具材です！　今日のカレーの中には、日本でも身近な野菜でありながら、人間が迂闊《うかつ》に口にすると命を落としてしまう具材があります」

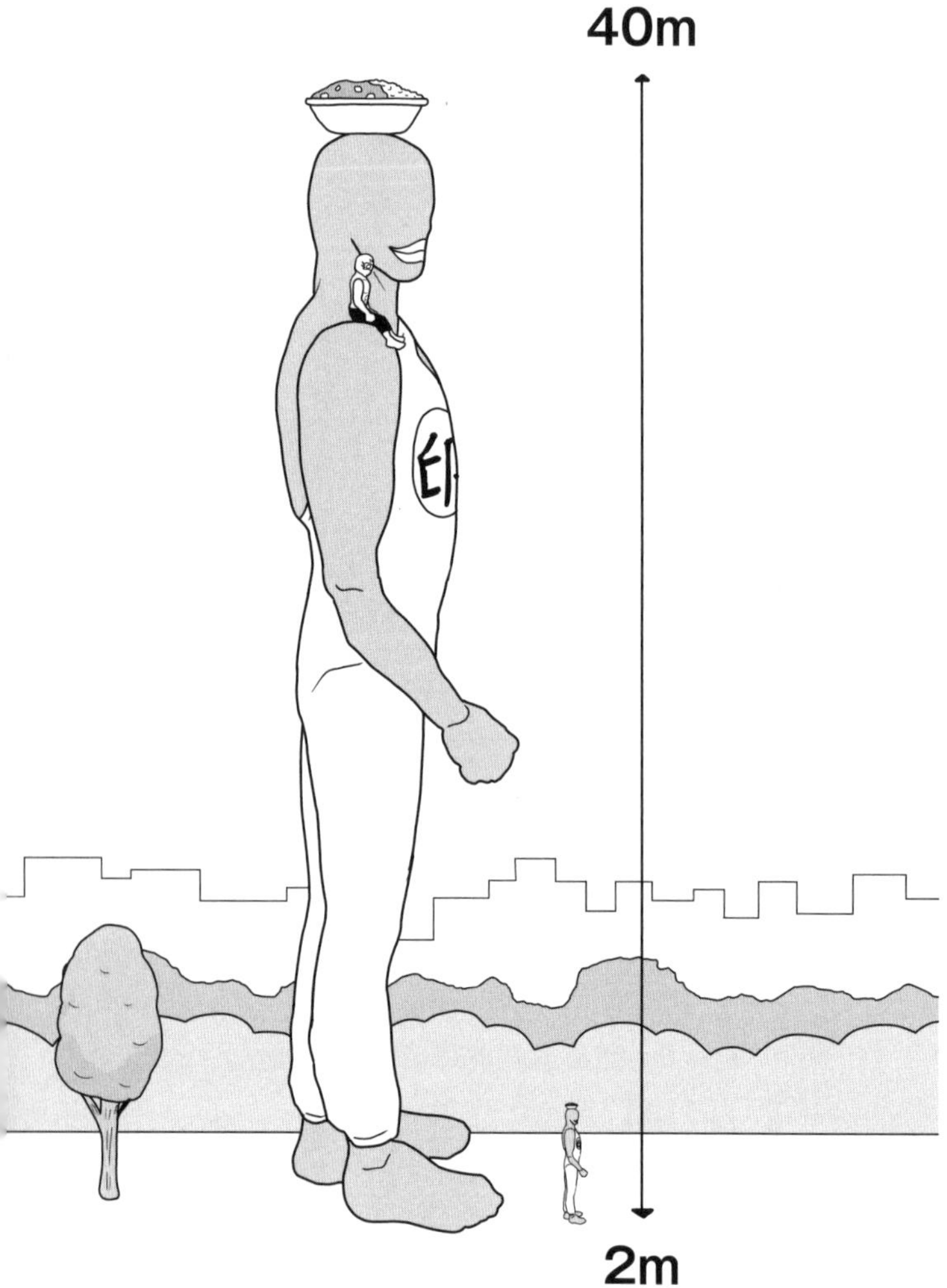
40m
2m

「――ジャガイモだな」

ラーメンマンが呟く。ミートは聡明な超人が居合わせたことに感謝した。

「そうです。ご存知の通り、ジャガイモの芽はソラニンやチャコニンといった毒素が含まれており、わずか150〜300㎎を摂取しただけで、成人男性が死に至る危険性があります。カレクックはルゥの中にジャガイモの芽を混ぜた上で、巨大化してスカイマンにカレーを振る舞いました。当然、身につけている衣服などと同じように、頭上のカレーも巨大化します。それを等身大のまま口にしたら、どうなるでしょうか？」

ようやく残虐なトリックの全貌が見えてきた。黙り込む犯人に代わって、ラーメンマンが答えた。

「仮にカレクックが40メートルほどの大きさまで巨大化したならば、たとえ指先でつまめるほどの小さなジャガイモの芽でも、ソフトボール以上の大きさになる。それが切り刻まれたカレーを食べたとなると……超人ですら無事ではすまない、天文学的な致死量を口にしたことになる！」

スカイマンからすれば、切り刻まれた上で巨大化した芽に気がつかなかったのだろう。ルゥにまみれているため、見た目と食感で判断するのは難しい。そして、楽屋テントに戻ったタイミングで全身に毒が回り死亡した。

来園客の中には、カレクックが巨大化した姿を目撃した者もたくさんいたはずだ。だが、少し前までこの国では、怪獣が頻繁に街に現れ、巨大化した超人がそれを退治する光景が当たり前となっていた。そのため、人間に見られたところで問題はない。

「このトリックの恐ろしいところは、カレクックが等身大の状態なら、頭上のカレーを食べさせても、超人を殺すほどには至らないので証拠にならない点です。まさしく、自身のサイズと同じく、一瞬にして殺意を巨大化させる残虐トリックです！」

カニベースはハサミをカチカチと震わせた。

「そ、そうか……オレがこの公園に来た理由は、群馬県高崎市《ぐんまけんたかさき》にある白衣大観音のような仏像を、遠くから見かけたからガニ！　あれは仏像じゃなくて、巨大化したカレクックの後ろ姿だったんだガニ～～ッ！」

カニベースは自身がこの公園に導かれた理由を知り、驚愕した。高さ40メートルを超える慈悲深き観音像の正体は、今まさに超人を殺めようとする外道《げどう》の後ろ姿だったのだ。

決着は近い。探偵の一手に、犯人は最後の抵抗をした。

「ムッサァ～！　詭弁《きべん》だっ！　たしかにオレはお前の言う通り、スカイマンに富士山を見せるために巨大化した！　だが……オレがスカイマンに巨大化カレーを食べさせたという証拠はあるのか？」

「もちろんです。スカイマンの毒死と並行して、この公園では池の噴水が故障するというトラブルがあったのは覚えていますよね？」

「それが、どうした？　そんなの事件と関係ないだろう！」

苛立たしそうに答えるカレクックを見て、ミートは確信した。

「その様子だと気づいていないようですね。噴水が故障した理由が、あなたにあることを」

「な、なにぃ〜っ!?　どうせハッタリに決まって……あっ!?」

カレクックの表情が凍りつく。自身の行動を思い返し、取り返しのつかないミスに気がついたのだ。

「カレクック……あなたは巨大化してスカイマンにカレーを振る舞う時、指先に白米がついてしまったのではないでしょうか。そして、自分が巨大化していることを忘れて、それを何気なく指で弾いてしまった。巨大化した白米は遠く離れた公園の池に向かって飛んでいき、噴水に命中し故障させたのです！」

「あ……ああ〜〜〜〜っ!!」

カレクックが両膝をついて崩れ落ちる。仏道だけではなく、超人としての道まで外れた修行僧に向かって、ミートは慈悲深い表情で訊ねた。

「なぜです、カレクック？　なぜ、あなたはタッグパートナーでもあったスカイマンを殺したのですか？」

「……嫉妬さ」

カレクックは、テントで横たわるスカイマンを見下ろした。

「インド西部マハラーシュートラにあるアジャンター寺院で瞑想をしていた時……闇の中で何者かに囁《ささや》かれたんだ。タッグパートナーでありながら、かたや公式ファンクラブすら存在する人気超人・スカイマンに怒りを覚えないのか？　残虐超人というだけで観客になじられることに不公平さを感じないのか？　今こそ、知性を持って復讐を果たせと……！　オレはその声を拒むことができず、陽気な相棒をこの手で殺めてしまった！」

憤怒、嫉妬、羨望、後悔、懺悔《ざんげ》……いくつもの具材が混ざり合ったルゥのように、カレクックの顔が歪《ゆが》んでいく。

「すまない!!　……すまない!!　すまない!!」

カレクックは自身の頭を何度も地面に打ちつけた。

その姿が超人殺人を実行した時と重なる。カレクックは全身に毒が回るようにみなぎる殺意に呑まれながらも、タッグパートナーを殺めることに葛藤していたのだ。巨大化した自分の肩に乗るスカイマンを見下ろしながら、「すまない」と心の中で何度も叫んでいた。

「なるほど……見事な推理だったぞ、ミート」

探偵と犯人の決闘を見届けたラーメンマンが、パイプ椅子から立ち上がった。

「植物性の神経毒か。毒の種類さえわかれば、打つ手はあるものだ」

ラーメンマンはそう言うと、懐に手を伸ばして怪しげな小瓶《こびん》を取り出した。きゅぽんと音を立てて栓を抜くと、それをスカイマンの口元に運ぶ。

「ラーメンマン、それは一体……？」

「あらゆる病を治す中国の秘境・終点山《しゅうてんざん》で作られた秘伝の漢方薬だ。この薬の解毒作用と超人の生命力があれば、三途《さんず》の川を渡った者を引き戻すこともあるいは……」

皆が固唾《かたず》を飲んで見守っていると、死んだと思われたスカイマンの身体が微かに動いた。

「き、奇跡だガニ！　スカイマンが息を吹き返したガニ〜〜ッ！」

カニベースがぴょんぴょんと飛び跳ねながら歓喜する。

ミートはふっと小さく息を吐いて安堵すると、カレクックに声をかけた。

「カレクック、自分を責めないでください。あなたが今回の事件を起こしたのは〈知の渇望者〉の仕業《しわざ》です。必ずボクが黒幕を捕まえてみせます！」

「……頼んだぞ、ミート。オレのような愚かな超人を、これ以上増やさないでやってくれ」

カレクックは悟りを開いた聖人のような表情で微笑んだ。そして、頬に流れた透明な液体を手で拭《ぬぐ》う。

「ちきしょう……香辛料が目に入っちまった」

残虐超人の流す涙は少し辛い。

こうして、丼の頭公園で起きた超人殺人の幕が降りた。

事件Ⅲ

登場人物紹介

ザ・ニンジャ

日本の忍者一族の
末裔であり、
多彩な忍術を駆使する。

アシュラマン

3つの顔と6本の
腕を持つ。相手の腕を
奪い取ることも可能。

レオパルドン

ドイツ出身の
戦車型の超人。
背中に大砲を背負う。

ブロッケンJr.

ドイツの名門一族出身。
得意技は
〝ベルリンの赤い雨〟。

事件Ⅲ

レオパルドンは三度死ぬ

ブロッケン館 平面図

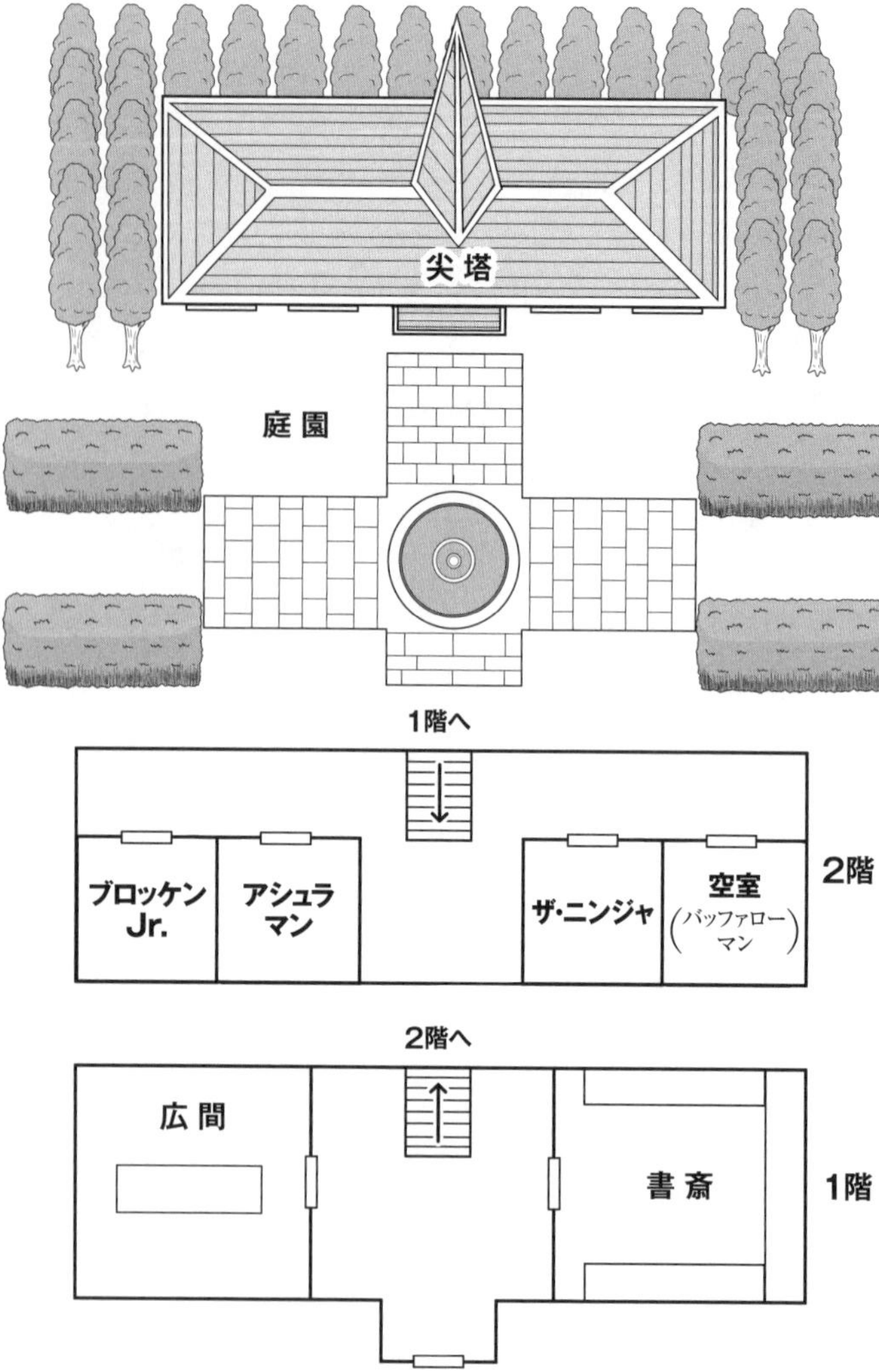

尖塔
庭園
1階へ
ブロッケンJr.
アシュラマン
ザ・ニンジャ
空室
(バッファローマン)
2階
2階へ
広間
書斎
1階

1

徳島《とくしま》県の山中に、異国の超人《ちょうじん》が建てた館《やかた》がある。

広大な庭園には四季の花が咲き乱れ、館の外観は主人の〝規律を重んじる〟性格を象徴したかのように厳格なシンメトリーでできている。

館の名は〈ブロッケン館〉。

西ドイツの名門――ブロッケン一族が、次期党首を選別する強化合宿を行うために建てた超《ちょう》人《じん》施設である。

その訓練は地獄という言葉すら生ぬるい壮絶なものらしく、庭園に植えられた紫のヤグルマギクが、党首候補生たちの血の雨によって赤く染まるとまで言われている。合宿中は美しい洋館から苦痛に満ちた呻《うめ》き声が絶えず聞こえ、地元民からは『鬼が棲《す》む館』と呼ばれていた。

そんなブロッケン館の広間では、軍服に身を包んだ超人が重厚なダイニングテーブルに腰掛けていた。目深《まぶか》に被った軍帽には髑髏《どくろ》の徽章《きしょう》が怪しく光っている。

かつてこの館で一流の超人になるための訓練に耐え、〝歴代最高傑作〟と称された若き天才――ブロッケンJr.《ジュニア》。彼は穏やかな表情で客人をもてなした。

「二人とも、よく来てくれた。さあ、遠慮しないで食べてくれ」

テーブルにはソーセージやジャガイモを使った日本でも馴染《なじ》みのある料理から、ニシンの塩漬け、カレイのムニエル、仔牛《こうし》のシュニッツェルといったドイツの郷土料理が並んでいる。

「カカカッ……いいのか、ブロッケン。正義超人《せいぎちようじん》のお前が、悪魔超人《あくまちようじん》である私たちと密会などして」

目の前に座る超人が揶揄《からか》うように肩をすくめた。まるで蕾《つぼみ》が花開くように六本の腕が左右に伸びる。多いのは腕だけではない。顔面の左右に並ぶ〝怒り〟と〝冷血〟を表した二つの顔。神々《こうごう》しさと禍々《まがまが》しさが一体となった異形《いぎよう》の超人の名は、悪魔六騎士《あくまろくきし》〝竜巻地獄《たつまきじごく》〟の番人にして、魔界の王子《プリンス》――アシュラマンである。

「人聞きの悪い言い方はよしてくれ。オレたちはキン肉星《にくせい》王位争奪戦で共に戦った同志じゃないか」

「フッ、同志か」

その言葉に、アシュラマンが懐かしそうな笑みを浮かべた。しかし、それを隠すようにすぐにニヒルな口調に切り替える。

「だからこうして、わざわざ魔界から来てやったのだ。我々をこんなところに呼び出した理由はなんだ?」

アシュラマンを宥《なだ》めるように、彼の隣に座る超人が口を開いた。

「まあ、そう急《せ》くな。用件は全員が揃ってから聞いてもよいであろう」

渋みのかかった声の主《ぬし》が、周囲を窺う。

「バッファローマンの姿が見えぬでござるな。お主のことだ、奴にも声をかけたのだろう？」

藍色《あいいろ》の忍び装束《しょうぞく》を身に纏《まと》い、額当《ひたいあ》てから刀のように鋭い眼光を放つのは、悪魔六騎士〝焦熱《しょうねつ》地獄〟の番人にして、現代に生きる忍びの末裔《まつえい》——ザ・ニンジャである。

ブロッケンJr.は照れるように頷《うなず》いた。

「いやぁ、そのことなんだが……なにやら熱海《あたみ》でトラブルに巻き込まれたようでな。それもあって、少し遅れるみたいだ」

「何故《なにゆえ》、熱海で？」

ザ・ニンジャが眉を顰《ひそ》める。アシュラマンは呆《あき》れたように宙空を見上げた。

「フン、いつものことじゃないか……あいつは少し目を離すと、必ず違うところにいる。遅れるというならば、これ以上待つ必要もない。とっとと用件を言え、ブロッケン」

「ウ、ウーム……」

ブロッケンJr.は名残り惜しそうに窓に目をやるが、三人目の同志がやって来る気配はない。

「仕方ない、始めようか。お察しの通り、オレが今日、この館に呼んだ超人はアシュラマン、ザ・ニンジャ……そして、まだ到着してないがバッファローマンの三人だ。オレたちはキン肉星王位争奪戦で、ソルジャー隊長に惹《ひ》かれて〈超人血盟軍《ちょうじんけつめいぐん》〉として共に戦った」

アシュラマンとザ・ニンジャが静かに頷く。脳裏《のうり》で激闘を振り返っているのか、その瞳に炎が宿る。

「みんなに集まってもらったのは、純粋に同志との再会を祝いたかったこともあるが……本当の目的は、他勢力の超人と交流を深めることだ」

「交流だとぉ？」

アシュラマンが眉間《みけん》に皺《しわ》を寄せる。

「平和ボケも大概《たいがい》にするんだな。あの時、キン肉マンソルジャーの元で共に戦ったことは認める。だが、一度闘いが終われば、我々は敵対関係にあることを忘れるな」

席を立とうとするアシュラマンを、ブロッケンJr.が手で制す。

「ま、待ってくれ！　平和な今だからこそ、こうして意見交換をする場が必要なんじゃないか？　現在……正義超人、悪魔超人、完璧《パーフェクト》超人《ちょうじん》の三陣営は大きな争いもなく、一見穏やかな日々が続いている。だが、それは仮初《かりそめ》の平和に過ぎず、いずれこの均衡《きんこう》は必ず崩れる！」

「フッ。仮初もなにも、この世に平和という言葉など存在せぬ」

それまで静観していたザ・ニンジャは、不適な笑みを浮かべた。

「ブロッケンJr.……お主の言う通り、今三陣営の間に争いが起きないのは、それぞれが裏で刀を研《と》いでいるからに過ぎぬ。戦《いくさ》の準備が整えば狼煙《のろし》が上がり、再び世は戦国となるでござろう。次の戦で仕《つか》える主《あるじ》が違えば敵同士。その時は拙者《せつしや》も、容赦なくお主を切り捨てるつもりでござる」

「ニンジャ……お前まで」

ブロッケンJr.はわなわなと拳《こぶし》を震わすと、声を荒らげて言った。

「どうして、みんなそんなに頭が固いんだよっ！　超人血盟軍は、正義や悪魔の境界を超えて共闘した多国籍軍だったじゃないか！　オレは……今も行方知れずのソルジャー隊長に迷惑がかからないように、規律ある行動を心がけようと言いたいだけだ！」

激昂《げっこう》するブロッケンJr.に、アシュラマンがため息を漏らす。

「相変わらず、青臭い奴め。心配しなくても我ら悪魔超人は、今の平和ボケした正義超人など相手にせん」

「アシュラマン……」

単なる皮肉か、悪魔なりの気遣いなのか分からず、ブロッケンJr.は曖昧《あいまい》に頷いた。ザ・ニンジャが腕を組んで瞑目《めいもく》する。

「ソルジャー殿の顔に泥を塗りたくない気持ちは、拙者も同じでござる。血盟軍の名に恥じぬよう、つまらぬことで世を騒がさないことだけは約束しよう」

ブロッケンJr.の顔がぱっと明るくなった。

「二人とも、ありがとう！　……おっと、食事が冷めちまう。みんな腹は減ってるだろ？　ドイツビールもあるぜ」

その時、リンリーンと玄関の呼び鈴が鳴り響いた。

「むっ、バッファローマンが到着したようだ」

ブロッケンJr.は席を立つと、嬉しそうに玄関へと向かった。その間も呼び鈴は鳴り続けている。

両開きの木製ドア、その向こう側に立つ同志を迎えるため、ブロッケンJr.は勢いよくドアノブを回した。

「よく来てくれた、バッファローマン……」

ドアを開いた瞬間、ブロッケンJr.は怪訝《けげん》な表情を浮かべた。目の前に立っていたのは、ミートとキン骨《こつ》マンの二人だったからだ。

2

ブロッケン館の広間に通されたミートとキン骨マンは、ブロッケンJr.の隣に並んで着席した。

「え、えーと……すまないがミート、もう一度説明してくれないか?」

館の主が招かれざる客に訊《たず》ねる。玄関で軽く言葉を交わしはしたが、ミートに「詳しい話は中で」と言われ、何が何だか分からぬまま迎え入れたのだ。

ミートは頷くと、カバンから一枚の手紙を取り出した。

「ボクたちがここにやって来た理由は、〈知《ち》の渇望者《かつぼうしゃ》〉と名乗る者から、超人殺人が起きるという予告状が届いたからです」

そう言いながらミートは、皆が見られるように手紙をテーブルに広げてみせた。

手紙の差出人は当然、〈知の渇望者〉。

そして、『×月○日　ブロッケン館にて、超人による〝知《ち》の惨劇《さんげき》〟が起きる』

……と、これまでと同様の予告文が綴《つづ》られていた。

「知の渇望者!?　超人殺人!?　な、なんの話をしているんだ!?」

状況が飲み込めず、困惑するブロッケンJr.。

ミートはこれまでにあった超人殺人を皆に伝えた（ちなみに説明の間、隣に座るキン骨マンは合いの手や補足を一切せずに、目の前のドイツ料理に無心になってかぶりついていた）。

熱海で起きた悪魔超人による惨劇、井《い》の頭《かしら》公園で起きた正義超人による悲劇……。それらの話を聞いて、ブロッケンJr.の顔が青ざめる。

「な、なるほど……バッファローマンが熱海でトラブルに巻き込まれたというのは、そのことだったのか」

「はい。彼の到着が遅れているのは、死亡したアトランティスの蘇生《そせい》や、犯人となったミスターカーメンに聞き取り調査をしているからだと思います」

情報の共有が済んだところで、ミートは力を込めて言った。

「超人殺人を未然に防ぐには、皆が協力してお互いを監視する以外ありません。〈知の渇望者〉の思惑通りにならないためにも、力を合わせましょう！」

ミートの呼びかけに、ブロッケンJr.は「おお！」と拳を振り上げた。しかし、向かい側に座る二人の悪魔はそれに応じない。

「二人とも、どうした……？　ミートの話は聞いただろ」

ブロッケンJr.が訊ねると、アシュラマンとザ・ニンジャはちらりと目を見合わせた。

「どう思う、ニンジャ？」

「うむ、にわかには信じられん話でござるな」

アシュラマンは頷くと席を立った。慌ててブロッケンJr.が呼び止める。

「なっ、どこへ行くつもりだ？」

「ミートの言ってることが本当かどうかは、バッファローマンから話を聞いて判断する。奴が来るまでの間、私は部屋に戻らせてもらうぞ」

「ダメだ！　単独行動は危険だろ。全員でこの広間にいた方が安全じゃないか！」

ブロッケンJr.の忠告が癇《かん》に障《さわ》ったのか、アシュラマンはこめかみに青筋を立てた。

「……安全？　まさかお前は、この私が超人トリックなどといったペテンで殺されると思っているのかぁ～？」

「ち、ちがう。そうじゃない……ただ、現にこれまでも、〈知の渇望者〉の予告通りに超人殺人が起きてしまっているのは事実じゃないか」

「フンッ。ならば尚更《なおさら》、信用できない者と同じ空間に居るわけにはいかないな」

その言葉に、今度はブロッケンJr.が怒りを露《あら》わにする。

「なんだと……同じ血盟軍であるオレたちを信用できないと言うのか!?」

アシュラマンはやれやれといった様子で肩をすくめると、テーブルでソーセージを貪《むさぼ》っている怪人を指差した。

「お前やニンジャはもちろん……ミートも超人殺人などといった愚行に走ることはないだろう。だが、そこにいる骨男は別だ」

キン骨マンは「ムヒョッ!?」と顔を上げると、心外そうな顔をした。

「どういう成り行きで、ミートと行動を共にしてるのかは知らんが、いかにも姑息《こそく》な手段を好みそうな顔をしているではないか。案外、〈知の渇望者〉の正体もそいつなのかもしれんぞ」

「キン骨マンが……〈知の渇望者〉?」

思わずミートは声を上げた。その反応を見て、アシュラマンが愉快そうに言う。

「おかしいとは思わないのか? そこにいる骨男は、これまで起きた超人殺人、その全ての現場に居合わせているのだろう。むしろ、そいつが黒幕と考える方が自然だ」

ミートは隣に座る相棒をちらりと窺った。そして、これまでの言動を振り返る。

「たしかに」

「いや、否定しろだわさっ!」

激しく抗議するキン骨マン。ミートも「日頃の行いが悪すぎるんですよ！」と応戦する。その様子を見ながら、アシュラマンは広間のドアを開けた。

「待て……アシュラマン！　話は終わってないぞ」

ブロッケンJr.の説得も虚《むな》しく、無情にもドアは閉じられた。

「ちくしょう。どうして、みんなで協力できないいんだ……」

憤《いきどお》る正義超人に、もう一人の悪魔が声をかける。

「無理もないでござる。悪魔六騎士……いや、魔界の王子であるアシュラマンが、血盟軍のメンバーならいざ知らず、今やキン肉星大王の重臣《じゅうしん》であるミートと、どこの馬の骨かも分からぬ怪人と、同席するわけにはいかないのであろう」

「分からねえ、そんなルール誰が決めた？　オレが今日ここで皆に話したのは、そういった属性や立場、主義思想の壁を超えて共闘しようってことだったのによ」

「それが分からぬから、お主はいつまで経っても若い、青いと言われるのでござる」

そう言いながら、ザ・ニンジャは視線を窓に移した。そして、何かを決断したように目を細める。

「興《きょう》が削《そ》がれた……拙者も席を外させてもらおう」

「ニンジャ！　お前もオレが言ってることは、叶うはずもない理想に過ぎないと思っているのか？」

ザ・ニンジャは背中を向けて「御免」とだけ告げると、広間を出ていった。

しんと静まり返った室内で、ミートは重々しい口調で言った。

「すみません……せっかくの再会の日を台無しにしてしまって」

「なあに、ミートが謝ることじゃないさ」

ブロッケンJr.は力なく笑った。今の状況を何かと重ねるように、どこか遠くを見つめている。

「あの……アシュラマンとザ・ニンジャは部屋に戻ると言ってましたが」

ミートが訊ねると、ブロッケンJr.は「あ、ああ」と我に返った。

「この館の二階には客室があってな。今日来る超人には宿泊するための部屋を用意していたんだ。みんなさえよければ、何日か泊まり込みの合同スパーリングも考えていたからな」

「そうでしたか」

「それよりミート。本当にこの館で超人殺人が起きるのか？　さっきのやりとりを見て信じてもらえるとは思えないが、オレたち血盟軍は固い絆で結ばれているんだ。どうしても、この中の誰かが超人殺人を行うなんて……」

「残念ですが、このままではきっと事件は起きてしまいます。これまでの犯人も超越的な何かに囁《ささや》かれたことで、本人の意思とは関係なく超人殺人を実行してきました」

ブロッケンJr.は深く息を吐くと、天井を見上げた。

「超人に超人殺人を行わせる能力か……〈知の渇望者〉って奴は神か何かなのか？」

「分かりません。少なくとも、キン骨マンのような怪人にはできない所業です」

「当たり前だわさ！　相棒を疑うなだわさ！」

喚《わめ》き散《ち》らすキン骨マンを抑えながら、ミートは言った。

「と、ともかく……今回こそ超人殺人を未然に防ぐためにも、ボクたち三人は協力体制を取りましょう！」

「ああ！　血盟軍の誰かが死ぬ姿も、殺す姿も見たくねえからな」

この館で協力的なのは、今のところブロッケンJr.ただ一人である。だが、バッファローマンが到着したら、同じく悪魔超人であるアシュラマンとザ・ニンジャも相互監視に協力するように説得してくれるだろう。

いくら超人の能力が多彩でも、全員が監視している中で超人殺人を行うことは難しい。なんとか、それまで持ち堪えなければならない。

それから三十分ほど、ミートたちは広間で超人殺人の対策を練っていた。バッファローマンの到着はまだかと、時計を気にした時――

ド―――ンッ!!

爆弾が炸裂したような轟音が、ミートたちの鼓膜を震わせた。

「な、なんだ!?　今の音はっ!?」

「館の外からです!!」

　ミートとブロッケンJr.は即座に立ち上がると、広間の窓から外の様子を窺った。すると、庭園の方で土煙が舞っている。二人の後ろから窓の外を覗き込んだキン骨マンが叫んだ。

「ム、ムヒョ〜ッ!?　爆弾でも落とされたんかいな!?」

「爆弾?　そ、そんなまさか……」

　ミートはごくりと息を呑《の》んだ。そんな直接的な方法で、超人が殺人を行うのだろうか。それに、アシュラマンとザ・ニンジャは二階の客室にいるはずだ。

「お二人さん!　ここで議論するより、見に行った方が早いぜ」

　ブロッケンJr.はそう言うと広間を飛び出した。ミート、キン骨マンも後を追う。玄関を開けて、館の外へ出ると三人は言葉を失った。

　館から二十メートルほど離れた広大な庭園は、一帯が土煙で覆われていた。よほどの威力だったのか、轟音が鳴ってからまもなく一分が経とうというのに、煙は晴れるどころか、その濃さを増すばかりである。

　何者かが潜《ひそ》んでいるかも分からない煙の中を突っ切るのは危険が伴う。三人はしばし玄関の前で時が過ぎるのを待つしかなかった。

　ミートはふと振り向くと、開けっぱなしになった玄関から二階へと続く階段を見上げた。アシュラマンとザ・ニンジャは、なぜ降りてこないのだろうか。二人を呼びに行こうか迷っていると、ブロッケンJr.が叫んだ。

「おい、煙が晴れたぞ！　誰かが倒れているっ！」

庭園に視線を戻すと、中央にある噴水の前で、超人が横たわっていた。超人の全身は黒く焦《こ》げついており、遠くからだと判別ができない。

「おーい、無事かっ!?　誰の仕業《しわざ》だっ!?」

倒れている超人はブロッケンJr.の呼びかけに応えない。というより、ぴくりとも動かない。否《いや》が応《おう》でも〝死〟の文字が脳裏に浮かぶ。

三人が駆け寄ると、徐々にそのシルエットが明らかになっていく。

倒れているのはアシュラマンか、それともザ・ニンジャか？　どちらかが死んでいるとしたら、残った方が殺したことになる。

噴水の前まで辿り着いたミートたちは、目の前で倒れている超人の姿を確認した。

照準のような赤い十字模様がついたマスク。超重量級に匹敵する屈強な肉体に、戦車の砲台を背負った緑色の超人がそこにいた。

「ゲ……ゲェェ――――ッ!?　なんでこいつが、ここにっ!?」

ブロッケンJr.は、頭の中を埋め尽くす疑問符を吐き出すように絶叫した。

黒焦げになった状態で倒れていたのは、ドイツ出身の超人――レオパルドンだった。

3

ミート、キン骨マン、ブロッケンJr.の三人は、目の前で横たわるレオパルドンを眺めながら唖然としていた。

「ムヒョッ……誰だわさ、この超人？　さっきの流れで、全然知らん超人が死んでるって、あり得るんかいな」

首を傾げるキン骨マンに、ミートが解説する。

「ドイツ出身の超人――レオパルドンです。キン肉星王位争奪戦では、キン肉マン ビッグボディ率《ひき》いる〝強力チーム〟の次鋒《じほう》を任されていました」

ミートは一度言葉を区切ると、自身の胸中《きょうちゅう》を吐露《とろ》した。

「しかし、レオパルドン……なぜ彼がここに？」

ブロッケンJr.が首を横に振る。

「オ、オレが聞きたいくらいだ！　もちろん、この館にこいつを呼んだ覚えはないぜ」

「ですがドイツ出身の彼が、偶然この徳島にあるブロッケン館に訪れたとは思えません。何か彼とトラブルを抱えていたりしてませんでしたか？」

「いや……個人的には、何も」

そう言いながらブロッケンJr.は軍帽の鍔《つば》を摘《つま》んで俯《うつむ》いた。ミートはその様子を不審に思いながらも、とりあえず今は、眼下で倒れているレオパルドンに集中する。

全身に火傷《やけど》の痕《あと》、地面には大量の血溜まり、そして自慢の背中の砲台は、先端が内側からめくれるように大きく裂けていた。まるで歩兵を蹂躙《じゅうりん》する戦車が、地雷《じらい》によって大破したような凄惨《せいさん》な光景だった。

――爆死？　しかし、何か妙だ。

土煙に混じって、そこはかとない違和感が漂っていた。探偵の目つきに変わったミートは宣言した。

「これは超人殺人です！　今すぐ、アシュラマンとザ・ニンジャを呼びましょう」

まずは他の二人が無事かどうかを確かめなくてはならない。ミートたちは現場検証を後回しにして、いったん館に戻ることにした。

玄関をくぐるなり、階段を駆け上がる。二階は廊下に面して四つのドアが並んでいた。

「館正面から見て左から……オレ、アシュラマン、ニンジャ、バッファローマンの部屋だ！」

ブロッケンJr.がドアを一つずつ指差す。ミートは頷くと、まずはアシュラマンの部屋のドアをノックした。

「開けてください、アシュラマン！　超人殺人が起きてしまいました！」

すぐに応答がなかったので、さらにノックを重ねる。しかし、ドアの向こうで人が動く気配はない。嫌《いや》な予感がして、ミートの顔から血の気が引く。

「アシュラマン……まさか、あなたまで!?」

「どいてくれ、ミート！　オレがドアをぶっ壊す」

ブロッケンJr.が手刀《しゅとう》を振り上げた瞬間、ギィッと音を立てて、ようやくドアが開かれた。苛《いら》立《だ》たしそうな顔をしたアシュラマンが姿を見せる。

「まったく、なんだというのだ騒々しい」

「アシュラマン！　無事だったんですね」

そう言いながら、ミートは眉を顰めた。ドアが開いたことで、アシュラマンの部屋の中から生ぬるい空気が流れてきたからである。

「あの……今の今まで何をしていたのですか？」

「見て分からないのか、鍛錬だ」

アシュラマンは六本の腕全てに、重々しいダンベルを握っていた。閉め切った部屋でトレーニングをしていたらしく、室内は熱気が立ち込めており、全身に汗を浮かべている。

「鍛錬って……庭園の爆発音に気づかなかったのかよ？」

困惑するブロッケンJr.に対して、アシュラマンは素っ気なく答えた。

「なにやら外が騒がしいとは思っていたが、興味を持たなかっただけのことだ。悪魔超人は悪魔として振る舞うためにも、日々の鍛錬を怠《おこた》らない」

「ムヒョ〜ッ、ストイックすぎるだわさ」

キン骨マンが、ぽかんと口を開ける。ミートはアシュラマンの言動に疑念を抱きながらも、その場は納得することにした。

「とにかく、無事でよかったです。詳しいことはこの後話します。次はニンジャの部屋に行きましょう」

ミートの言葉に、アシュラマンは不承不承《ふしょうぶしょう》といった様子で頷いた。

四人となった一同は、ザ・ニンジャのいる部屋へと向かう。

ノックしながら呼びかけると、ややあってザ・ニンジャが部屋から出てきた。

「ほお、全員お揃いで何用《なによう》でござるか？」

ザ・ニンジャはドアにもたれて涼しげな顔をしている。ついさっき、凄惨な超人殺人を目にしたばかりのミートたちは、六騎士と二人との温度差に動揺を隠せない。

「庭園で超人殺人が起きたんです……爆発音が聞こえなかったのですか？」

「爆発音？　生憎《あいにく》、忍具の手入れに集中していたものでな。それに……」

ザ・ニンジャは室内に視線を移すと、サイドテーブルを指差した。

「なにやら、風情のある蓄音機《ちくおんき》があったので、異国の音楽に耳を傾けていたでござるよ」

サイドテーブルの上には、アンティーク調の土台に金色のホーンが付けられた蓄音機が置かれていた。アシュラマンの部屋にも同じものが置かれていたので、全ての客室に備え付けられているのだろう。

蓄音機からは晴れやかなオーケストラが大音量で流れている。

「ドイツが生んだ天才音楽家・ベートーベンの〝交響曲第九番〟……ですか」

ミートはザ・ニンジャの言動にも疑念を抱かずにはいられなかった。

「二人が外の騒ぎに無関心だったのは、気になるところですが……まずは改めて、レオパルドンの死体に手がかりがないか調べてみましょう」

「レオパルドン？　話が見えんぞ。どうして、そいつが死んでいるのだ？」

アシュラマンが怪訝な表情で訊ねた。

「分かりません。ただ、超人殺人が起きた以上、この館にいる全員が容疑者ということになります」

こうして一同はブロッケン館を出ると、事件現場となった庭園に向かった。

だが、ミートたちは噴水の前で再び驚愕することになる。

焼け焦げて倒れていたはずのレオパルドンの死体が、忽然《こつぜん》と姿を消していたのだ。

4

「そ、そんなバカな!?　死体が消えた……!?」

ミートは、さきほどまでレオパルドンの死体があった場所を見つめながら叫んだ。

レンガが敷き詰められた地面には死体はおろか、周囲に広がっていた血溜まりすら綺麗さっぱりと消えている。

予想だにしなかった光景に言葉を失うミートたち。一方、アシュラマンとザ・ニンジャは冷ややかな視線を送った。

「カ～カカカッ、死体なんてどこにもないではないか」

「余興のつもりなら、悪趣味でござるな」

ブロッケンJr.が「ち、ちがう！」と手で空を切る。

「本当にさっきここで、レオパルドンが死んでたんだ！　それが、どういうわけか……ちょっと目を離した隙《すき》に死体が消えちまった！」

「馬鹿馬鹿しい。私は部屋に戻るぞ」

くるりと背を向けるアシュラマンを、ミートが呼び止める。

「待ってください！　あなただって、庭園から爆発音がしたのは聞こえたはずです。それでも、ボクたちの話が信用できないんですか？」

「フン。それこそ、私たちを部屋から出そうとするための、犯人の手かもな」

「どういうことですか？」

アシュラマンは警戒心を滲《にじ》ませて、キン骨マンを睨んだ。

「たとえば……そこにいる骨男が、私かザ・ニンジャを殺したいとする。しかし、部屋に閉じこもっていては手出しができない。そこで骨男は、架空の超人殺人を起こすことで協力体制をとらざるを得ない状況を作ったのだ。相互監視など、それらしい理由で皆を広間に集めさえすれば、超人殺人を実行できる算段でもあるのではないか？」

「標的を部屋から出すための、架空の超人殺人……？」

ミートは隣に立つ相棒をちらりと窺うと、その可能性を思案した。

「たしかに」

「いや、だから否定しろだわさっ!!」

歯を剥《む》き出しにしたキン骨マンが、地団駄を踏む。

「拙者もアシュラに同感でござる」

ザ・ニンジャは淡々とした口調で言った。

「超人殺人が起きたかどうかも分からない状況で、不自由な相互監視をするくらいなら、部屋に籠《こも》っていた方が得策であろう。ひとまず、バッファローマンの到着を待つとするが……超人殺人の話が嘘であろうと真《まこと》であろうと、我々はそのタイミングで退散させていただく」

そう言うと、悪魔六騎士の二人は館へ戻って行った。

取り残されたミート、キン骨マン、ブロッケンJr.は、死体がない以上、現場検証もできないため、仕方なく広間へ戻ることになった。

時刻は午後五時。窓の外では、少しずつ日が暮れ始めている。

「それにしても、訳がわからねえ！　なあミート、この館で一体何が起きてるんだ？」

ブロッケンJr.は握りしめた拳をテーブルに落とした。俯いて思考に耽《ふけ》っていたミートが顔を上げる。

「レオパルドンが死亡した理由は、なんとなく分かりました」

「ムヒョッ？　それが一番の謎じゃないんかいな？」

キン骨マンは目を丸くした。ブロッケンJr.が恐る恐る訊ねる。

「まさかアシュラマンの言った通り、レオパルドンの死は超人殺人が起きたという状況を作り出すための、架空の殺人なのか？」

「その可能性もなくはないですが、もっとシンプルな理由があります。それは……」

ごくりと息を呑む二人。ミートはメガネをくいっと押し上げた。

「レオパルドンこそが、今回の超人殺人の犯人だった。彼が庭園で死亡していたのは、何者かを殺そうとしたが、誤って自爆してしまった――ということです」

「ムヒョヒョッ……レオパルドンが犯人!?」

「犯人が自爆!?」

予想外の回答に、二人が声を上げる。ミートは懐《ふところ》から、〈知の渇望者〉から届いた手紙を取り出した。

「この予告状には、本日このブロッケン館で超人殺人が起きると書かれていますが、犯人が館に招かれた超人の中にいるとは書かれていません。つまり、今回の事件の犯人は〝外部犯〟だったのではないでしょうか？」

「外部犯って……そんなのありかよ」

ブロッケンJr.が唖然とする中、ミートはそこから浮かび上がる事実を口にした。

「おそらくレオパルドンは、ブロッケン館に集まる超人の誰かを暗殺するために、庭園に身を潜めていたのでしょう。彼が背負った巨大な砲台を使えば、遠距離から標的を爆殺することが可能です。しかし、不運なことに何かしらの理由で、標的を殺害するために発射しようとした砲弾が砲身内で誤爆。レオパルドンは自身の砲弾で命を落としてしまったのです！」

ミートはその仮説を裏付けるために、レオパルドンの砲台の先端が内側から裂けていたことを指摘した。

「な、なるほど。確かに戦車の砲台は、詰まりや歪《ゆが》みによって、砲弾が暴発する危険もあるデリケートなものだが……奴はそれによって自爆してしまったということか」

ブロッケンJr.は顎《あご》に手を添えて唸《うな》った。

「ムヒョヒョ〜ッ、随分と間抜けな真相だわさ」

キン骨マンが腹を抱えて笑い出す。しかし、ミートは首を横に振った。

「いえ……だとしても、レオパルドンの死体が消えた謎が残っています。この事件はまだ終わっていません」

「そ、そうだった。死体が消えたのは、この館にいる誰かの仕業だもんな」

三人が死体消失の謎に頭を抱えていた、その時……

「グオッ……ゴゴゴッゴ────ッ!!」

と、もがき苦しむような叫び声が聞こえた。ミートが天井を見上げる。

「に、二階からです!」

「まさか、また誰かが殺されたのか!?」

ブロッケンJr.がすぐに広間を飛び出した。ミートとキン骨マンもそれに続く。

階段を駆け上がると、ちょうど客室のドアから半身を出したザ・ニンジャの姿があった。

「ニンジャ、無事か!」

ブロッケンJr.が声をかけると、ザ・ニンジャは神妙な面持《おもも》ちで訊ねた。

「今の叫び声はなんでござるか? すぐ近くから聞こえたようだったが……」

さすがに庭園の爆発音と違って、館内で聞こえた叫び声は気になったらしい。その直後、隣の客室のドアが開いて、アシュラマンも姿を見せた。

「あれっ、アシュラマン! お、お前も無事なのか……?」

すっとんきょうな声を上げるブロッケンJr.。

「なんだ? 私が殺された方が嬉しかったのか」

こんな状況でも皮肉を言うアシュラマン。一同は廊下で顔を見合わせた。

「全員無事……？　じゃあ、さっきの悲鳴は何だったんだ」

ブロッケンJr.がきょろきょろと周囲を見回す。ミートも釣られて視線を動かすと、廊下の端にある客室のドアが僅《わず》かに開いていることに気づいた。

「あれ？　あそこの部屋って、たしか……」

「バッファローマンの部屋だ。おかしいな、何でドアが開いてるんだ？」

首を傾げるブロッケンJr.。ミートはドアの前まで歩み寄ると、現在空室となっている部屋の中を覗いた。

「ゲッ……!!」

ミートは目を見開いた。部屋の中で超人が大の字になって倒れていたのだ。

その首には銀色のワイヤーが巻きつけられている。苦悶《くもん》の表情を浮かべ絞殺されていたのは
——さきほどから姿を消していたレオパルドンだった。

「あ、ああ〜〜〜〜っ!!」

探偵の顔から血の気が失《う》せる。後ろからブロッケンJr.の絶叫が届いた。

「ウワァ————ッ!?　どうして庭園で死んだはずのレオパルドンが、ここでまた死んでいるんだぁーっ!?」

ミートたちが恐怖で全身をすくませる中、真逆の反応を示す者もいた。

「カーカカカッ、こいつはたまげた。〈知の渇望者〉とやらの予告状は、デマカセではなかったということか～っ」

アシュラマンは興味深そうにレオパルドンの死体を見下ろした。その隣でザ・ニンジャが眉根を寄せる。

「しかし、解《げ》せぬ。ミートたちの話に嘘がなければ、こやつは庭園で焼け焦げた状態で死んだはずではなかったのでござるか」

レオパルドンの死体を目の当《まあ》たりにして、悪魔六騎士たちも超人殺人の存在を認めざるを得なくなった。しかし二人の態度に動揺はなく、どこかこの状況を楽しんでいるかのような余裕すら感じさせた。

「同じ超人が……二度死ぬ？」

これまで数々の超人殺人に遭遇してきたミートだったが、同一の超人が二度死ぬケースなど初めてだった。

探偵としての責務を果たすべく、ミートは第二の殺人現場となった客室を見回した。

庭園を一望できる窓、サイドテーブルに置かれた蓄音機、壁にかかった絵画——元々、バッファローマンのために用意された部屋は、他の客室と内装も調度品も変わりはない。

注目すべき点は、アンティーク調のベッドに、切り裂かれたような穴が空《あ》いており、そこから内部のスプリングが抜き出されていたことだ。

「なるほど、凶器はベッドのスプリングだったのか」

ミートは、レオパルドンの首に巻きついた銀色のワイヤーに視線を移した。他にも死体の周りには、植物の蔦《つた》のように千切《ちぎ》れたスプリングが散乱している。

庭園で見た時と同じくレオパルドンの全身には、いたるところに黒焦げた火傷痕《やけどあと》が残っていた。背中の砲台が内側からめくれるように破損しているのも、そのままであった。

常識的に考えれば、目の前で死んでいるレオパルドンは、庭園で見たレオパルドンと同一の存在である。

一度、砲弾の自爆によって死亡したレオパルドンが、この部屋で絞殺されている以上、導き出される答えは一つしかない。ミートは驚愕の事実を口にした。

「レオパルドンは一度死んだ後、何者かに蘇生さ、れ、た、上で、も、う、一、度、殺、さ、れ、た……？」

周囲がざわめく中、アシュラマンが「ヒューッ」と軽快な口笛を吹いた。

「だとしたらレオパルドンは、よっぽど犯人に恨まれていたのだろうな」

とぐろを巻いた大蛇のように六本の腕を絡める悪魔に、ミートは恐る恐る訊ねた。

「アシュラマン……この事件の謎を解くためにも、どうしても確かめたいことがあります。あなたの力を貸してくれませんか？」

「ほお、この私にどうしろというのだ」

互いの立場より、好奇心が勝《まさ》ったのか、アシュラマンが口元を緩《ゆる》ませた。

「あなたは、六本ある腕が負傷した時のために、死んだ超人から腕を奪うことができます。その霊術《れいじゅつ》を利用して、レオパルドンが本当に死んでいるのかを確認してもらえないでしょうか」

「カーカカカッ！　なるほど、そいつは面白い」

アシュラマンはレオパルドンの死体に近寄ると、六本あるうちの二本の腕をかざした。

「どーれ……こいつが本当におっ死《ち》んでいるのか、それとも狸寝入《たぬきねい》りを決め込んでいるのか、確かめてくれよう」

一同が固唾《かたず》を飲んで見守っていると、アシュラマンがかざした二本の腕がゴワゴワと音を立てて、丸太のように太い腕に変化していく。対して、レオパルドンの両腕はドス黒く変色し、みるみると血の気を失っていった。

「ムヒョッ！　アシュラマンの霊術は正常に発揮しているだわさ」

キン骨マンが声を上げる。そこで霊術を解除したのか、アシュラマンの腕は自身の青い肌に戻り、レオパルドンの腕も元の状態となった。

「見ての通りだ。今は腕が足りてるので、わざわざ奪う必要もないが……断言しよう、こいつは死んでいる」

アシュラマンの霊術によって、レオパルドンの死が偽装ではないことが証明された。

それはこの館の中に、レオパルドンを殺した犯人がいることを意味していた。

その場にいる全員が顔を見合わせる中、魔界の王子は声高《こわだか》に笑った。

「カ～～カカカッ！　これが超人殺人か……存外、趣《おもむき》深いではないか。さあ、次は誰が死ぬ？　それとも、これで幕引きか？」

まるで、さらなる悲劇を望むような物言いだった。アシュラマンは六本の腕を広げると、ミートに向かって言った。

「とっとと魔界へ帰ろうと思っていたが……気が変わった。もう少しだけ、この退屈な館に滞在してやろう。ミートよ、お前が素晴らしい推理をしてくれることを期待しているぞ」

それは探偵を鼓舞《こぶ》しているのか、それとも挑戦を意味していたのか？

まさしく人を惑わす悪魔の口ぶりで、言葉の真意を測ることはできない。ミートは無言で頷くことしかできなかった。

5

時刻は午後六時。

ブロッケン館の広間では、ミート、キン骨マン、ブロッケンJr.がテーブルに並んで頭を抱えていた。

「ウ、ウーン……まさか、あれからアシュラマンとザ・ニンジャが、個別行動を貫くとは思いませんでした」

ミートがこの場にいない二人に対して、不満をこぼす。レオパルドンの死を目撃した後も、悪魔六騎士の二人は当然のように自室に戻っていったからだ。

「すまない、ミート。本当に悪魔超人ってのは協調性のない奴ばかりだ」

ブロッケンJr.が身勝手な悪魔たちに代わって謝罪する。

「超人血盟軍が一致団結していたのは、ソルジャー隊長のカリスマ性があったからこそだということが、よく分かったぜ。やはり、オレたち超人は属性や立場を超えて協力することなどできないのか……？」

「そんなことはありません。現に悪魔超人であるバッファローマンは、熱海で起きた超人殺人を解くために、捜査に協力をしてくれました」

ミートは自身にも言い聞かせるように、項垂《うなだ》れるブロッケンJr.を励ました。

「ムヒョヒョ……しかし、そのバッファローマンが今となっては一番怪しいだわさ」

キン骨マンの言葉に、ミートがぴくりと反応する。

「どういうことですか？」

「考えてみろ、バッファローマンが遅れているなんてのは方便で、本当はとっくにこの館に到着してるかもしれないだわさ。レオパルドンの最初の死も、第二の死も、全部あいつの仕業で説明がつくだわいな」

「そんなばかな……」

ミートの脳裏を一つの仮説が過《よぎ》る。

バッファローマンは超人強度を0パワーにすることで、姿を消して高速で移動することが可能だ。レオパルドンの第一の死が爆死で、第二の死が絞殺だったのは、ロングホーンを凶器に使用することで嫌疑がかかることを避けたかったからではないか。

そこまで考えたところで、ミートは首を横に振った。

——あり得ない。熱海で同胞による超人殺人を目の当たりにして憤っていた男が、こんなことをするはずがない！

ミートは一度原点に立ち返るように、推理の角度を改めた。

「この事件の最大の謎は……誰がレオパルドンを殺したというよりも、なぜレオパルドンは二度死ぬことになったのか、ということだと思います」

ブロッケンJr.が首を傾げる。

「二度死んだ理由？　犯人が一度死んだレオパルドンを何かしらの方法で蘇生させて、もう一度殺したってことだろ」

「ええ、その通りです。ではなぜ犯人はレオパルドンを蘇生させて、再び殺す必要があったのでしょうか？」

「そりゃ、犯人はレオパルドンのことを一度殺しただけでは飽き足らず、二度殺したいほど憎んでいた……ってことなんじゃないか？」

ミートは静かに頷いた。超人は超人強度の譲渡によって、その場で蘇生することが可能だ。

事実、正義超人の中でも一度ならず二度三度と蘇《よみがえ》った超人は存在する。

つまり、超人蘇生の特性を利用すれば、超人は超人を何度でも殺すことができる……と言うこともできた。

「レオパルドンの超人強度は460万パワー。この館の中で、彼を蘇生できる者は超人強度1000万パワーを誇るアシュラマンしかいません」

「ムヒョッ！　じゃあ、あいつが犯人で決まりだわさっ」

キン骨マンが身を乗り出す。しかし、ミートはなぜだか腑《ふ》に落ちない。

「疑問なのは……超人強度は超人にとって生命そのものです。生まれてから増えることも減ることもない有限資産ともいえます。それを大切な者のためにならともかく、憎い相手に差し出したりするでしょうか？」

もっというならば、この館でレオパルドンを蘇生できる者がアシュラマンしかいないことは、本人も重々承知しているはずである。そんな状況でレオパルドンを蘇生させたら、自分が犯人だと言っているようなものではないか。

ミートが思考に耽っていたその時……

「ウギャァァァ――――ッ!!」

本日三度目の断末魔の叫びが、館の外から響いた。

「ムヒョッ!?　まさか、また……!?」

キン骨マンが、いい加減うんざりとした様子で天を仰いだ。

「外から聞こえました、行きましょう!」

ミートが先導するように広間を飛び出す。三人は玄関を出ると、きょろきょろと辺りを見回した。

第一の死――レオパルドンが爆死していた庭園には見たところ異変はない。

「いないぞ?　さっきの悲鳴はどこから聞こえたんだ……」

と、ブロッケンJr.が館を振り返ったまま硬直した。

「あ、ああ〜〜〜〜〜っ!!　こ……これは悪夢なのか!?　一体オレたちは、何を見させられているんだぁ〜〜っ!?」

この館でありとあらゆる苦難に耐え抜いた軍人が、恐怖で顔を歪ませた。そして、虚《うつろ》な表情をしたまま上空を指差す。

指先を追うと、ブロッケン館は沈みゆく夕陽に照らされてオレンジ色に染まっていた。美しいシンメトリーの中心、剣のように屋根から突き出た尖塔《せんとう》の先に人影が見える。

「ゲ、ゲエエエ――――――ッ!?」

探偵の絶叫が夕空にこだました。

二度あることは、三度ある――まるで百舌鳥《もず》の早贄《はやにえ》のように、ブロッケン館の尖塔に腹を貫かれて突き刺さっていたのは、さきほど客室で絶命していたばかりのレオパルドンだった。

「ム、ムヒョ～ッ!! こ、こいつ……一体何回死んだら気が済むんだわさっ!?」

キン骨マンの言葉にもはや同情の念はない。現世と冥界《めいかい》を高速で往復する緑色の不死身戦車
――レオパルドンに対して、ただただ困惑と抗議を込めた野次を飛ばす。

ミートは尖塔から視線を下ろして、館の二階部分を見た。

すると、レオパルドン〝第二の死〟の現場となった空室の窓が割れていた。ガラスの破片は真下の地面に散らばっている。

――一体、あの部屋で何があったんだ!?

さらに驚くべき点は、アシュラマンとザ・ニンジャがそれぞれの部屋の窓から、こちらの様子を窺うように佇《たたず》んでいたことだ。

ザ・ニンジャは冷徹な眼差しを放ちながら、両腕を組んで窓にもたれている。

アシュラマンは悪魔としての血が騒いでいるのか、満面の笑みを浮かべながら身体を斜めに向けている。

正反対の態度で窓に立つ二人の姿を見た時、ミートの脳裏に稲妻が走った。

「そ、そうか……そういうことだったのか!」

ついにミートは一連の事件の真相に辿り着いた。

探偵は、力なく立ち尽くすブロッケンJr.に向かって言った。

「全員を広間に集めましょう。この超人殺人の犯人が分かりました！」
複雑怪奇に絡み合った連続超人殺人の真相が、今明かされる。
レオパルドンが〝第一の死〟で爆死していた理由は何だったのか？
同じく〝第二の死〟で絞殺されていた理由は何だったのか？
そして〝第三の死〟で尖塔に突き刺さっていた理由は何だったのか？
なぜ、レオパルドンは蘇るたびに殺されてしまったのか？
今、解決編のゴングが鳴った！

【知性の神の挑戦状】

今回の事件はこれまでの超人殺人の中でも、最も複雑怪奇と言えるだろう。それ故《ゆえ》に今まで以上に広い視野と、研ぎ澄まされた知性が求められる。
かつてない難解な謎に立ち向かえるように、今回もヒントを授《さず》けることにする。

① 三つの死の原因は、それぞれ超人の必殺技が関与していること。
② アシュラマンが行った霊術は、確かに発動したこと。
③ 第三の殺人の時に、空室の窓が外側に向かって割れていたこと。

無論、動機から犯人に辿り着くことはできない。

三つの死の謎を、丁寧に一つずつ解き明かしていけば、必ず真相に辿り着くことができるであろう。それでは、健闘を祈る。

フハハハハ〰〰〰〰ッ!!

6

ブロッケン館の広間では、容疑者全員がテーブルを囲んでいた。

ミート、キン骨マン、ブロッケンJr.の向かい側には、二階から下りてきたアシュラマン、ザ・ニンジャが着席している。

「皆様、お集まりいただき感謝します。これからこの館で起きた、同一の超人が三度死ぬという……〝同一超人連続殺人事件〟の真相をお話しします!」

両隣に座るブロッケンJr.とキン骨マンは、落ち着きなくソワソワとしている。一方、対面に座る二人の悪魔は、舞台の開演を心待ちにする観客のように、微笑を浮かべていた。

「まず、この複雑な事件の全貌《ぜんぼう》を明らかにするには、レオパルドンがこの館に来た目的を考える必要があります」

ミートは、隣に座る超人の顔をちらりと窺った。

「レオパルドンの目的は、同じくドイツ出身の超人であるブロッケンJr.を暗殺することだったのではないでしょうか？」

「なっ、オレだって……!?」

ブロッケンJr.が自身を指差す。しかし、どこかその回答を覚悟していたようでもあり、額にはじわりと汗が滲んでいた。

「ムヒョ？　お前、レオパルドンに個人的な恨みでも買われてたんかいな？」

キン骨マンの質問に、ミートが代わりに答えた。

「いいえ、暗殺の理由は〝個人〟ではなく〝国家〟にあったのではないでしょうか」

「ムヒョヒョッ……こ、国家!?」

「ええ。二人の出身国であるドイツは、第二次世界大戦後に東西に分断されて、１９８７年現在も対立状態が続いています。西ドイツの名門・ブロッケン一族の党首を、東ドイツが政敵《せいてき》と見なして、暗殺するために送り込んだ刺客《しかく》――それがレオパルドンだったんです」

ブロッケンJr.は俯いた顔を手で覆った。

「やはり、そうだったのか……薄々と気づいてはいたんだ。キン肉星王位争奪戦で、超人血盟軍が強力チームと相見《あいまみ》えることはなかったからな。先の戦いの怨恨ではないとなると、奴が背負っていたのは個人の意思でもチームの絆でもなく、国家の指令だったのではないかと」

自国の複雑な状況を思い浮かべたのか、ブロッケンJr.は沈鬱な表情で視線をテーブルに落とした。

「しかし、分からない。なぜオレを殺しにやって来たレオパルドンが、逆に三度も死ぬことになったんだ?」

「その真相を知るためにも、三度繰り返された彼の死を、一つずつ振り返っていきましょうか」

ここからが本番と言わんばかりに、ミートはメガネをくいっと押し上げた。そして、指を一本立てると「レオパルドン、第一の死」と切り出した。

「彼は本日この館にブロッケンJr.が滞在することを察知し、庭園に身を隠して暗殺の機会を窺っていました。しかし、ここで思わぬ妨害が入ります」

「妨害?」

ブロッケンJr.が眉を顰める。

「庭園に曲者《くせもの》が侵入していることに気づいた超人が、レオパルドンの凶行を止めようとしたのです」

ミートは間髪入れずに、向かい側に座る超人に訊ねた。

「――そうですよね? ザ・ニンジャ」

「フッ、なんのことやら」

突然の名指しにザ・ニンジャは少しも動じることなく答えた。そして、両目を瞑《つむ》り、冷ややかに笑う。

「庭園でレオパルドンが爆死した原因は、砲弾を詰まらせて、奴が勝手に自爆したからではなかったのでござるか？」

「ある意味、その通りですが、それだけではありません。順を追って説明します」

「無用だ。与太《よた》話に付き合う義理はないでござる」

静かだが、強い口調で断るザ・ニンジャ。もう一人の悪魔が「カカカ」と笑った。

「何を焦《あせ》っているニンジャよ。私はミートの推理に興味があるぞ。あの庭園で何があったというのだ？」

お手並み拝見と言わんばかりに、アシュラマンが頬杖をついて続きを促した。

「アシュラ……」

ザ・ニンジャは同胞をキッと睨みつけると、不服そうに探偵に向き直った。

「それでは一旦、ザ・ニンジャの視点でこの事件を振り返ってみましょう」

ミートは意味ありげな言葉と共に、推理を再開した。

「全ての始まりは、ボクとキン骨マンがブロッケン館にやって来て、この広間で超人殺人の警告をした時です。その話の直後、悪魔六騎士の二人は客室に戻ると言いましたが、実際は二階に向かったのはアシュラマンだけでした」

ザ・ニンジャは窓を見ながら言った。

「拙者は庭園に潜む曲者の気配に気づき、玄関から外に出たとでも申すのか？」

「そうです。それから、あなたはレオパルドンの目的を探りつつ、彼のことを見張っていたのでしょう。やがて、彼がブロッケンJr.の命を狙っていることに気づくと、暗殺をやめるように忠告したのではないでしょうか」

「なっ……本当かニンジャ!?」

ブロッケンJr.が訊ねるが、ザ・ニンジャは黙したままである。

「レオパルドンからしたら、突然どこからか姿を現したザ・ニンジャに動揺したことでしょう。そして、暗殺の計画を知られてしまった以上、口封じをしなければ……と判断しました。つまり、あの庭園で人知れず、二人の戦闘があったのです」

「ムヒョッ!?　その後、レオパルドンが死んでいたってことは、ニンジャが返り討ちにしたってことかいな!?」

キン骨マンの推測に、ミートは曖昧《あいまい》に頷いた。

〝超人戦車〟と〝焦熱地獄の番人〟がぶつかったら、何が起きるか？

二人が激突した光景を、ミートは頭の中でシミュレーションした。

「返り討ちというよりは、不幸な事故とでも言いましょうか。焦っていたレオパルドンは有無を言わさず、自身最大の必殺技である〈地獄《じごく》の砲弾《ほうだん》〉を放とうとしたはずです。目には目を、飛び道具には飛び道具を。ザ・ニンジャも咄嗟《とっさ》に口から火球を放ち応戦します。ここで、悪魔的な奇跡……いや、悲劇が起きました。ザ・ニンジャが放った火球が偶然、レオパルドンの砲台の中にすっぽりと入ってしまったのです！」

「火球が……砲台の中に入っただって!?」

軍人であるブロッケンJr.は、凄惨な軍事事故を想像して声を震わせた。

「そんなもの火薬庫に火をつけるようなものじゃないか！〈地獄の砲弾〉を発射寸前だったレオパルドンは、内側から爆裂しちまうぞ！」

「その通りです。事実、レオパルドンの全身は黒焦げになっており、砲台は内側からめくれるように破損しておりました。これが〝第一の死〟の真相……と言いたいところですが、話はこれで終わりません。なぜならレオパルドンは、この時点ではまだ生きていたからです！」

「な、なにぃっ!?　生きていた!?」

ブロッケンJr.が腰を浮かせて驚いた。

「馬鹿馬鹿しい……何を根拠にそのようなデタラメを」

そう口にするザ・ニンジャだったが、頬には草花に宿る朝露のような汗が伝っている。

「レオパルドンは砲弾の自爆によって、全身に火傷を負ったものの死に至ることはありませんでした。舞い上がる土煙の中、ザ・ニンジャは目の前で倒れている超人の処遇に悩みます。このままトドメを刺すべきか、生かすべきか……？　殺せばそれまでですが、生かしたところで、レオパルドンが暗殺を諦める保証はありません。悩んだ末、ザ・ニンジャはまさに折衷案《せっちゅうあん》とも言える選択をしました」

ミートは、庭園で起きたレオパルドン〝第一の死〟――その真相を告げる。

「ザ・ニンジャは、レオパルドンをいっそ死んだことにしようと考えました。土煙が舞っている間に、気絶しているレオパルドンを近くの草むらの中に隠した後……触れた相手の顔はもちろん、姿、声、癖までもを完全にコピーできる〈忍法・顔写《かおうつ》しの術《じゅつ》〉を使い、レオパルドンの死体を演じたのです！」

「あ、ああ〜〜っ……!!」

ザ・ニンジャとの試合経験があるブロッケンJr.は、〈忍法・顔写しの術〉の恐るべき再現性を知っている。しかし、彼は腑に落ちない様子で訊ねた。

「確かにあの術を使えば、ニンジャはレオパルドンに化けることができる。でも、オレたちはこの広間で爆発音を聞いてから、すぐに館を飛び出したはずだが……」

「ええ。ボクたちが爆発音を聞いてから外に出るまでの時間は一分もなかったでしょう。その間に巨体であるレオパルドンの身体を引きずり、どこかへ隠し、死体のふりをするのは至難の技です。だから、ニンジャは砲弾の自爆によって舞い上がった土煙が晴れる前に、自身が携帯している煙幕を放ちました」

「土煙が晴れる前に、煙幕を放つ!?」

「そうです。ボクたちが玄関から出た後、土煙がさらに勢いを増したのを覚えていますか？　そのせいでボクたちは庭園の前で足止めを食らいました。あれはザ・ニンジャが死体を演じるための時間稼ぎだったんです。彼には他にも、忍び装束を地面に広げて、その場を思い描いた地形に変化させる〈転所自在《てんしょじざい》の術〉によって、血溜まりを作る必要がありましたからね。地面を覆うほどの血の海を作ることで、ボクたちは目の前で倒れているレオパルドンが死んでいるのだと錯覚してしまいました」

土煙の中で仕掛けられた、もう一つの心理トリックが暴《あば》かれる。

「その後、まんまとボクたちの目を欺《あざむ》いたザ・ニンジャは、ボクたちがブロッケン館に戻った隙に変身を解除。窓からレオパルドンを二階の空室に運びます。悪魔六騎士の二人を連れて、再び庭園に向かうと死体が消えていたのは、以上の経緯があったからです！」

ザ・ニンジャは苦虫《にがむし》を嚙《か》み潰《つぶ》したよう表情をしたまま言った。

「ふう……言いたいことは山ほどあるが、いちいち言い返していたらキリがないでござる。百歩譲って、〝第一の死〟が拙者の偽装だったとして、第二、第三の死はどう説明するのだ？　お主の話では、拙者はせっかく助けたはずのレオパルドンを、その後も殺し続けることになるぞ。これを矛盾と言わず、何と言う？」

ミートは受けて立つように、力強い眼差しを相手に向けた。

「わかりました。それでは、このまま〝第二の死〟の真相をお話しします」

探偵と忍者が刃《やいば》を交えるように睨み合う。第二ラウンドのゴングが鳴った。

「さきほどの話の通り、ザ・ニンジャは〝第一の死〟の後、窓から侵入し、気絶したレオパルドンを二階の空室に運びます」

忍《しのび》の者にとって、外から二階の窓を出入りすることなど朝飯前だろう。キン骨マンが顎に手を添えて考える。

「ムヒョ？　しかしなぜ、空室にレオパルドンを運ぶ必要があるんだわさ」

「死んだことにした超人をほとぼりが冷めるまでの間、監禁するためです。レオパルドンを空室に運ぶと、ザ・ニンジャは〈忍法・蜘蛛糸縛《くもいとしば》り〉を使って、相手の全身を拘束しました」

「えっ!?　蜘蛛糸縛り……!?」

その技も食らったことがあるブロッケンJr.が顔を引《ひ》き攣《つ》らせた。

「はい。ザ・ニンジャの代名詞とも言える必殺技〈忍法・蜘蛛糸縛り〉は、本来ならば伸縮するリングロープを相手の全身に巻きつけて、五体をバラバラに切断する拷問技です。しかし、使いようによっては相手の動きを封じたまま捕縛《ほばく》することもできます」

「でも……あの空室には、リングロープなんてものは置いてないぞ」

「だから別の物で代用しました。空室のベッドが切り裂かれてスプリングが抜き取られていましたよね。レオパルドンの周辺に散乱し、首にも巻きついていたあの銀色のワイヤーこそが、蜘蛛糸縛りで全身を拘束されていた痕跡《こんせき》だったんです！」

ブロッケンJr.は我が意を得たりといった様子で頷いた。

「なるほど！　確かに、伸縮性のあるスプリングはリングロープの代用にはピッタリだ。それに、オレはニンジャとスパーリングをした時に聞いたことがある。ニンジャには蔦やただの紐《ひも》を、鉄製の帯に変化させる〈鋼縄《はがねなわ》〉と呼ばれる忍術があることを。それを使えば……」

「いい加減にするでござるっ！」

ここまで冷静さを保っていたザ・ニンジャが初めて声を荒らげた。

「黙って聞いていれば、世迷言をべらべらと！　お主が言ってることは滅茶苦茶《めちゃくちゃ》だ。ここまでの推理は、拙者が〝第一の死〟に関われた可能性というだけに過ぎぬ。他の者が別の手段で同じようなことをしたとも言えるではないか！」

「いいえ、あなた以外には不可能です」

「ならば、先にそれを証明するのが筋ではござらぬか？」

激昂するザ・ニンジャに、ミートは怯《ひる》むことなく頷いた。

「わかりました。では、あなた以外の超人にはレオパルドンの〝第一の死〟に関わることと、彼を二階の空室に運ぶことができない理由を説明します」

ミートは両隣に座る二人の超人を見やった。

「まず、一連の事件の最中、常に行動を共にしていたボクとキン骨マン、ブロッケンJr.の三人はどちらの謎にも絡む隙はありません。では、〝第一の死〟の間、自室に籠っていたアシュラマンはどうでしょうか？」

「ほお」

アシュラマンは愉《たの》しげに応じた。キン骨マンが目を細める。

「ムヒョヒョ。そういえば、〝第一の死〟の爆発音も、鍛錬してて気にしなかったとか言ってて、なんならニンジャよりも怪しかった気がするだわさ……」

しかし、ミートはすぐにかぶりを振った。

「やはり、アシュラマンも〝第一の死〟はもちろん、レオパルドンを空室に運ぶことは不可能です。彼は自室に籠っている間、ひたすら鍛錬を続けていました。部屋を閉め切って行っていたため、室内が熱気で充満するほどのハードトレーニングです」

ミートはあの時の様子を思い出しながら言葉を紡《つむ》いだ。

「もし、それが嘘で窓から部屋を抜け出していたのなら、部屋に充満していた熱気は外へと漏れてしまうはずです。ですが、ボクたちがアシュラマンの部屋を訪れた時、ドアを開けた瞬間、室内の熱気は廊下を流れていきました。アシュラマンが部屋から一歩も外へ出なかった以上、〝第一の死〟に関わることも、レオパルドンを空室に運ぶことも不可能というわけです」

「カーカッカッカッ！　一分《いちぶ》の隙もない推理だ。褒《ほ》めて遣《つか》わすぞ、ミートよ」

アシュラマンが満足そうに笑う。

「これで、ザ・ニンジャ以外の者が〝第一の死〟に関与することが不可能だということを証明できました」

「グ、グムーッ……」

ザ・ニンジャは無念そうに歯を食いしばった。

「さて、これでレオパルドン〝第一の死〟と、気絶した彼を空室に運んだ超人が、ザ・ニンジャだということを証明することができました。その後、レオパルドンは〝第二の死〟を迎えるわけですが……その前にニンジャがどうして、このような奇怪な行動に移ったかを明らかにしておきましょう」

「そ、それは」

そこでザ・ニンジャは言い淀《よど》む。ブロッケンJr.が急かすように身を乗り出した。

「教えてくれ、ニンジャ！　悪魔六騎士であるお前がなぜ、自分を殺そうとしたレオパルドンを助ける必要があったんだ？　そして……その後の第二、第三の死もお前が関わっているというのか？」

「拙者はレオパルドンを一度も殺《あや》めてなどおらぬ！」

ザ・ニンジャは目をくわっと見開いた。しかし、それ以上は口にしない。ミートはやむを得ず、続きを話すことにした。

「きっとザ・ニンジャは、ブロッケンJr.のためを思って、レオパルドンを殺さなかったんだと思います」

「えっ？」

「直情的で熱血漢な性格のあなたが、レオパルドンと戦闘になり、万が一、その手で殺めてしまうような状況になったら……東西ドイツの関係はますます悪化してしまうと危惧したのでしょう。だからニンジャは空室にレオパルドンを拘束して、ほとぼりが冷めたら、改心するように彼を説得するつもりだったのだと思います」

「そんな……オレのために」

ブロッケンJr.の声が震える。ザ・ニンジャは反論を諦めたのか、苦笑いを浮かべた。

「勘違いしないでいただきたい。ソルジャー殿のためにも、無益な殺生は好ましくないと思ったまででござる」

悪魔六騎士は慈悲深い。そして、日本の忍は義理堅い。ザ・ニンジャは己の感情を悟られないように瞑目した。

「ムヒョヒョヒョッ？　でも、その後レオパルドンは絞殺された状態で発見されたわけだが……一体どういうことだわさ」

キン骨マンは、一向に見えてこない事件の真相に頭を抱えた。

「はい、ここから悲劇の連鎖が起きます。ザ・ニンジャの計らいで空室に拘束されていたレオパルドンですが、しばらくして意識を取り戻したのでしょう。彼は自分の置かれている状況を理解できず動揺したはずです」

ミートは、鋼《はがね》と化したスプリングで全身を縛られたレオパルドンを想像する。

「そこで彼は、なんとか〈忍法・蜘蛛糸縛り〉から脱出しようともがきました。強力チーム〝次鋒〟の名は伊達《だて》ではありません。彼は力任せに手足に巻きついたスプリングを次々と引きちぎります。しかし……この行為が結果的に、彼を死に至らしめることになりました」

「どういうことだわさ？」

キン骨マンが訊ねると、ミートは自身の首元に手を添えた。

「両手、両足、胴体……と無計画に身体に巻きついたスプリングを引きちぎったことで、レオパルドンは首に巻かれていたスプリングを残したまま、宙吊り状態になってしまったのです」

「首にスプリングが巻かれたまま宙吊りって……それもう、ただの首吊りじゃないかっ！」

困惑するブロッケンJr.に、探偵は力強く頷いた。

「つまり、〝第二の死〟は事故死だったんです！　いや、レオパルドンが自分で自分を殺したと言えるかもしれません。レオパルドンのもがき苦しむような叫び声を聞き、空室に駆けつけたザ・ニンジャはさぞ驚いたことでしょう。せっかく生きたまま拘束した超人が、首を吊って死んでいたのですからね」

ザ・ニンジャはさきほどまでの態度から一変し、素直に推理を認めた。

「その通りでござる。死体の第一発見者になった拙者は、皆が駆けつける前に、レオパルドンを吊るしたスプリングを切断して自室に戻ったでござる。そして拙者が部屋に戻った瞬間に、ミートたちが二階に上がってきた。まさに紙一重《かみひとえ》だったでござるよ」

ミートは、自分たちが叫び声を聞いて二階に上がった時、ザ・ニンジャがドアから半身を出していたのを思い出した。

あれは部屋から出てきた瞬間ではなく、部屋に戻る瞬間だったのだ。

アシュラマンは意地の悪い笑みを浮かべながら、隣に座る同胞の顔を覗き込んだ。

「カカカッ……そういうことだったのか。せっかく死を偽装してまで助けた超人が、勝手に死んでしまうとは。とんだ骨折り損だったな、ニンジャよ」

「まったく、慣れないことはするべきではないでござるな」

そう言いながら嘆息《たんそく》するザ・ニンジャの表情には、緊張の色が見える。

事件はこれで終わりではない。

ミートは大きく息を吸い込むと、メガネをくいっと押し上げた。

「〝第一の死〟は偽装死、〝第二の死〟は事故死……それでは、最後に〝第三の死〟の真相を解き明かしましょうか」

張り詰めた空気の中、第三ラウンドのゴングが鳴った。

「さて、〝第二の死〟は首に巻きついたスプリングが原因による縊死《いし》でした。アシュラマンの霊術によって、何らかの方法で死を偽ってないことも証明されています。その後、レオパルドンがブロッケン館の尖塔に突き刺さった状態で発見されたということは……何者かが、レオパルドンを蘇生させた上で再度殺害したことになります」

「生き返らせた上で、もう一度殺すなんて……わからねえ！　誰が一体何のために、そんなことをする必要があるんだ？」

ブロッケンJr.は犯人の心境が理解できず、ぶんぶんと首を左右に振った。ミートは、この事件をより複雑にした張本人を指差した。

「少なくとも、これだけは言えます。レオパルドンの超人強度は460万パワー。この中で、彼を独力で蘇生することができるのは……超人強度1000万パワーを誇るアシュラマンしかいません」

皆の視線が一点に集中する。アシュラマンの笑い面に影が落ちた。

「ほお、今度は私を疑うのか」

「はい。レオパルドンを蘇生させた後、ブロッケン館の尖塔に突き刺したのは、あなたです」

「カカカッ！　よかろう、お前の推理を聞いてやろうではないか」

魔界の王子はテーブルに両肘《ひじ》を置くと、口元を隠すように手を組んでみせた。その迫力にミートはごくりと息を呑む。

「どうした？　さあ、言ってみろ。私があの木偶《でく》の坊《ぼう》を蘇生させて、その上で殺した訳とやらを」

「あなたがレオパルドンを蘇生させた理由は、ザ・ニンジャの気持ちを汲んだからです」

その言葉に、ザ・ニンジャがぴくりと反応した。

「やはり、お主……拙者がしたことに気づいていたのか」

「カカカッ、まさか。事件の裏にあのような複雑な背景があったなど、分かるわけがないではないか」

アシュラマンは惚《とぼ》けるように視線を逸らした。ミートが口を挟む。

「でも、ある程度の察しはついていた。なぜなら、あなたは……〝第一の死〟の引き金となった、ザ・ニンジャとレオパルドンが庭園で衝突する瞬間を、自室の窓から目撃していたのですから」

「ムヒョッ、どういうことだわさ？」

キン骨マンが二人の悪魔を見比べる。

「〝第一の死〟の最中、アシュラマンは鍛錬に集中していたという理由で、庭園にやって来ませんでしたね。彼があのような危うい理由で部屋に留まったのは、ザ・ニンジャに疑いの目を向かせないための援護射撃だったんです」

ミートの言葉に、アシュラマンの顔がわずかに曇る。

「ボクたちが庭園で黒焦げになったレオパルドンを発見した時、〈忍法・顔写しの術〉を発動中のザ・ニンジャはその場から動くことができませんでした。その状況でアシュラマンが庭園に駆けつけると、『どうしてザ・ニンジャは部屋から出てこないんだ？』と怪しまれてしまいます。そのため、アシュラマンはあえて部屋に留まることを選びました。両者が部屋から出てこない状況を作ることによって、ボクたちはブロッケン館に戻ることになり、その隙にニンジャはレオパルドンを空室に運ぶことに成功しました」

まさに阿吽《あうん》の呼吸といえる、無言のコンビネーションだった。

「さて、その後の展開をアシュラマンの視点で考えてみましょうか」

ミートは、ザ・ニンジャの奮闘の裏にあった、もう一つの真相を語り始めた。

「ザ・ニンジャにどのような思惑があったかは分からなかったものの、アシュラマンのファインプレーもあって、レオパルドンは二階空室に拘束されることになりました。しかし、ここで再びアクシデントが発生します。ニンジャの温情で生かされていたはずのレオパルドンが、絞殺されたような状態で死亡したのです」

「〝第二の死〟か！」

ブロッケンJr.が声を上げる。ミートはこくりと頷くと続けた。

「アシュラマンからしたら全く状況が飲み込めず、困惑したことでしょう。二度目の死も、何かしらの術を使った偽装なのか？　それとも、この館の誰かがレオパルドンを殺したのか？　それらの疑問を解消するため、自らの霊術を使ってレオパルドンの生死を確認することにしたんです」

「ヒューッ、大した想像力だ。さすがはキン肉マンの試合を側で支え続け、大王にまで出世させただけのことはある」

自身の犯行が暴かれているというのに、どこか楽しげな口調だった。

〝第二の死〟以降、アシュラマンの事件に対する態度に大きな変化があった。まるで、探偵を挑発するような言動の数々は、三面の顔を持つ阿修羅《あしゅら》像のように、事件の真相を〝隠す〟ことから、〝知る〟ことに切り替えたからだったのだろう。

ミートもまた〝名探偵〟の面構《つらがま》えとなって、推理を再開した。

「それから、アシュラマンは大いに悩んだことでしょう。ザ・ニンジャの反応を見て、〝第二の死〟が望まれたことではないと予測できたのかもしれません。そこで、アシュラマンはほとぼりが冷めた後、空室に忍び込み、自身の超人強度を使ってレオパルドンを蘇生させることにしました」

「ムヒョ〜ッ……いくら仲間のためとはいえ、そこまでする義理があるんかいな？」

キン骨マンは納得がいかない様子で頭を掻《か》いた。ブロッケンJr.もそれに同調するように、控えめに頷く。

「超人強度４６０万パワーのレオパルドンを蘇生できるのは、この中ではアシュラマンしかいませんからね。それにレオパルドンを蘇生させたら〝第二の死〟の真相を本人から聞き出すことができます。何よりアシュラマンは、自らが死体を演じてまでレオパルドンを救おうとしたニンジャの行動を、無駄にしたくなかったのではないでしょうか」

「――かたじけない」

ザ・ニンジャが悲痛の表情を浮かべて、アシュラマンを見つめた。

「しかし、解《げ》せぬ……それでは尚更、お主はなぜレオパルドンを一度蘇らせたにもかかわらず、再び殺すという暴挙に出たのでござるか？」

「カカカッ。答えたいものだが、どう説明したらいいものか。ここまで来たらその答えも、そこにいる名探偵から聞かせてもらうとするか」

ミートは力強い眼差しとともに首肯《しゅこう》した。最後の謎が今、明かされる。

「アシュラマンは自身の超人強度を使って、レオパルドンの蘇生を試みました。ほどなくして息を吹き返したレオパルドンでしたが……彼はどこまでも愚直でした。状況が飲み込めずに混乱していたのか、あくまでブロッケンJr.暗殺の任務を続行しようとしたのか、有無を言わさずアシュラマンに襲いかかったのです」

「猪突猛進《ちょとつもうしん》すぎるだわさ！」

キン骨マンが呆れたようにため息を吐《つ》いた。

「勇猛果敢《ゆうもうかかん》とも言えますね。キン肉星王位争奪戦で、超人強度7800万パワーのマンモスマンと対峙した時も、彼は臆することなく正面からぶつかっていきました。まさに、後退するためのレバーを取り除いた暴走戦車です」

ミートは咳払《せきばら》いをすると、話を戻した。

「空室で組み合ったレオパルドンとアシュラマン。室内では分《ぶ》が悪いと判断したアシュラマンは、レオパルドンと共に窓から外へ飛び出します」

ブロッケンJr.は〝第三の死〟を思い出しながら、首を傾げた。

「たしかに空室の窓は、外側に向かって飛び散っていたが……なぜ外に？」

「アシュラマンはレオパルドンを蘇生させるため、超人強度の半分近くを失っていたからです。狭い室内では接近戦を余儀なくされてしまいますが、広い屋外なら飛び道具を使うことができます」

「飛び道具……まさか？」

ザ・ニンジャの目が鋭く光る。アシュラマンの異名ともなっている、ある必殺技が皆の脳裏を過った。

「屋外に出たアシュラマンは、〝冷血面《れいけつめん》〟に切り替えると〈竜巻地獄《たつまきじごく》〉を放ちました。それを喰らったレオパルドンは上空に舞い上がります」

〝竜巻地獄の番人〟が繰り出す死のコース。本来なら、そのまま〈阿修羅《あしゅら》バスター〉といった自身の必殺技に繋がる流れだが……

「ここでも、やはり悲劇が起きます。おそらく、死なない程度の技に繋げて気絶してもらおうと思って放った〈竜巻地獄〉ですが、上空に舞い上がったレオパルドンが、そのままブロッケン館の尖塔に突き刺さってしまったのです」

「え、えぇ～～～っ!?」

ブロッケンJr.とキン骨マンが揃って驚愕する。

「屋外に出たことが裏目に出てしまったわけです。とはいえ、アシュラマンが取った行動は、レオパルドンが襲いかかってきたことが原因ですので、正当防衛と言えるでしょう。それから、尖塔に突き刺さったレオパルドンが三度目の断末魔を上げたので、アシュラマンはすぐさま窓から二階にある自室に戻りました。ボクたちが外に飛び出したのは、その直後ということになります」

「しかし、ミート……なぜ、そこまで分かるんだ？ 〝第三の死〟は高所に死体があったため、現場検証もできなかったし、ほとんど手がかりがなかったじゃないか」

ブロッケンJr.は探偵の推理に、感心を通り越して、不気味さすら抱いているようだった。

「いえ、むしろ〝第三の死〟はアシュラマンが〈竜巻地獄〉を使ったことによって起きた悲劇だと、すぐに断定することができました。ボクたちが外に出て、レオパルドンの死体を発見した直後、二階の客室からアシュラマンが、満面の笑みでこちらを見下ろしていたのを覚えていますか？」

「ムヒョッ、たしかに笑っていただわさ。超人殺人が次々と起きて興奮してるのか知らんが、やっぱり悪魔超人ってヤバい奴らなんだなぁ～って引いたわいな」

キン骨マンが恐る恐る口にするが、アシュラマンは心当たりがないのか、きょとんとしている。その反応を見て、ミートは確信した。

「あの時、アシュラマンは笑ってなどいませんでした。あれは〝冷血面〟に切り替えていたアシュラマンの横顔だったんです」

「ムヒョッ……笑顔が横顔？」

「はい。アシュラマンの顔は通常は〝笑《わら》い面《めん》〟が中心にありますが、戦局に応じて〝冷血面〟、〝怒り面〟と切り替えることがあります。たとえば〝冷血面〟を中心にした場合、〝笑い面〟は左側に移動し、満面の笑みのまま固定されます」

「あ、ああ〜〜っ!!」

ミートの言わんとすることに気づき、ブロッケンJr.は叫んだ。

「つまり、アシュラマンはあの時、笑顔でこちらを見下ろしていたのではなく、〝冷血面〟のまま、オレたちから目を逸《そ》らしていたんだ!」

「その通りです。そして、アシュラマンが〝冷血面〟になっていたのは、直前まで戦闘中であったことを意味しています。わざわざ屋外に移動したことと、尖塔に突き刺さった死体から〈竜巻地獄〉によって舞い上がったことも推測できます。以上の点から、死んだ超人が蘇生された上で再度殺害されるという……理外の状況を生み出した超人が、アシュラマンであると断定することができます。これが〝第三の死〟の真相です!」

〝第一の死〟は偽装死、〝第二の死〟は事故死、そして〝第三の死〟は正当防衛……こうしてミートは、同一の超人が三度死ぬという〝同一超人連続殺人事件〟の真相を解き明かした。

「ひどいじゃねえか……どうして正直に話してくれなかったんだよ！」

ブロッケンJr.はもどかしそうに拳を震わせると、アシュラマンとザ・ニンジャを睨んだ。

「全ては、ブロッケンJr.のためを思ってのことですよ。彼ら二人はあなたを騙したかったのではなくて、守りたかったんです」

たまらずミートが擁護《ようご》するが、すぐに怒声が返ってくる。

「だからこそだ！　オレのために仲間が大変な目に遭っていたというのに、それに気づけなかったことが悔しいんだ。なんでだよ……なんで言ってくれなかったんだよ？」

虚しそうに顔を伏せるブロッケンJr.。それを見かねてか、ザ・ニンジャが口を開いた。

「――男というものは、あまり喋るものではない。両の眼で静かに結果だけを見ていればよいのだ」

「はっ！」

ブロッケンJr.が顔を上げる。アシュラマンは「カカカッ」と笑った。

「自分の真意を相手にベラベラと伝えるだけが、友情の行為ではないということだ……そんな台詞《せりふ》を昔誰かが言っていたな」

悪魔が口にした二つの言葉は、ブロッケンJr.の全身を震わせた。

「そうか……お前らの言う通りだ。確かに、オレはまだまだ青かった」

ブロッケンJr.は全てを悟った。悪魔超人の二人が、堂々と正義超人である自分を手助けすることはできない。何より、自国ドイツの対立問題に二人を巻き込むわけにはいかないと、ブロッケンJr.自身が協力を拒《こば》むだろう。

だから二人は一見、遠回しとも思える方法で手助けをした。

ミートは超人血盟軍のメンバーを見回してから言った。

「ブロッケンJr.、あなたは今日この広間で……ソルジャー隊長がいない超人血盟軍は、まとまりも協調性もなく、力を合わせることなど不可能なのかと嘆いていましたね。でも、それは間違いです。この事件は、血盟軍の絆が深かったからこそ起きた悲劇だったのですから」

その時、広間のドアが勢いよく開いた。

突如として現れた超人の姿を見て、ミートは目を疑った。

「西側の怨敵《おんてき》・ブロッケンJr.……お前の命もらい受ける！」

現れたのは、尖塔に突き刺さり死んだと思われていたレオパルドンだった。

「貴様、生きていたのかっ!?」

アシュラマンは戸惑いの表情を浮かべながら、レオパルドンの腹部に視線を移した。そこには標的を狙い澄ます戦車の砲身のように、ぽっかりと空いた穴が広がっている。

彼がまだ生きているのは、執念としか説明できなかった。己に課せられた任務を全うするという使命感。ドイツ超人の気骨《きこつ》に、その場にいる者たちが圧倒される。

ブロッケンJr.は、レオパルドンと向かい合うように一歩前に出た。

「レオパルドン、答えろ。お前がオレの命を狙うのは、東側の指令か？」

「指令？　いいや、私自ら志願したのだ。故郷のブランデンブルク門で、母国の行く末を憂《うれ》えていたら、頭の中で何者かに囁かれたのだ。東西統一の足掛かりとするため、ブロッケンJr.を殺せと！」

「囁かれた？　やはり、〈知の渇望者〉が……」

ミートは悔しそうに唇を噛んだ。

「そうか、よーく分かった。ならば、答えは一つだ」

ブロッケンJr.は、レオパルドンと互いの拳が届きそうなほどの距離まで接近した。

「ダメです！　レオパルドンが執拗にあなたの命を狙うのは、〈知の渇望者〉に唆《そその》かされたからです！」

最悪な結末を予感してミートが叫んだ。ブロッケンJr.は刀を抜くように右手を大きく振り上げる。レオパルドンもすぐさま臨戦体制の構えをとった。

「早まるな、ブロッケン！」

ザ・ニンジャが声を上げた瞬間――ブロッケンJr.は、レオパルドン目掛けて、渾身《こんしん》の手刀を放った。

「ベルリンの赤《あか》い雨《あめ》――――っ!!」

誰しもがレオパルドン〝第四の死〟を目撃すると思ったが、燃えるような赤い闘気を纏った右手は空を切り、相手の首の代わりに後方の壁を斜めに切り裂いた。

レオパルドンの背後で、広間の壁が音を立てて崩れ落ちる。

「なっ……貴様、どういうつもりだ!?」

困惑の表情を浮かべるレオパルドン。ブロッケンJr.は軍帽から優しげな瞳を覗かせて言った。

「よく聞け、レオパルドン。たしかに今、我が故郷ドイツは東西で分断されている。だが、この争いは必ず終わりを迎えるだろう！　超人血盟軍が、正義も悪魔も関係ないように、ドイツも西や東など関係なく、皆が手を取り合える日が来るはずなんだ！　だから、オレはお前を許す！」

ブロッケンJr.の熱い叫びに、正気を取り戻したのかレオパルドンが目を伏せた。

「カカカッ……相変わらず、青臭い奴よ」

アシュラマンが皮肉を口にする。その隣でザ・ニンジャは静かに微笑んだ。

その時、館の外からエンジン音が鳴り響いた。

窓を覗いたキン骨マンが叫んだ。

「ムヒョッ……バッファローマンだ！　あいつ、今頃到着しただわさ！」

つられてミートも外を見ると、真っ赤なオープンカーからバッファローマンが颯爽《さっそう》と降り立つところだった。

「ミート、わるいがレオパルドンの手当てを手伝ってくれないか？　バッファローマンも来たことだし、もう一度話し合おうじゃないか」

ブロッケンJr.は乱れた軍服を整えると、穏やかな表情で言った。

「超人界の未来を」

東西分断の象徴である、ベルリンの壁が崩壊するのは——この出来事から僅か数年後のことだった。

事件Ⅳ

登場人物紹介

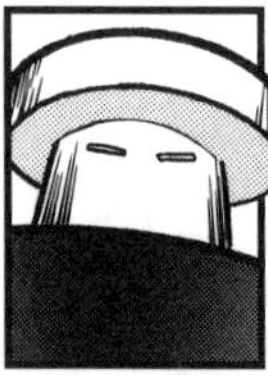

キング・ザ・100トン

自らの体重を
調節したり、姿を
変形させたりできる。

ケンダマン

けん玉の姿を
しており、その頭部は
鉄球である。

サンシャイン

砂の塊でできた
身体を持つ。砂のため
姿を自在に変えられる。

パルテノン

石の彫刻で
できている超人。相手を
柱の中に閉じ込める。

事件Ⅳ

巨人荘殺人事件

巨人荘 平面図

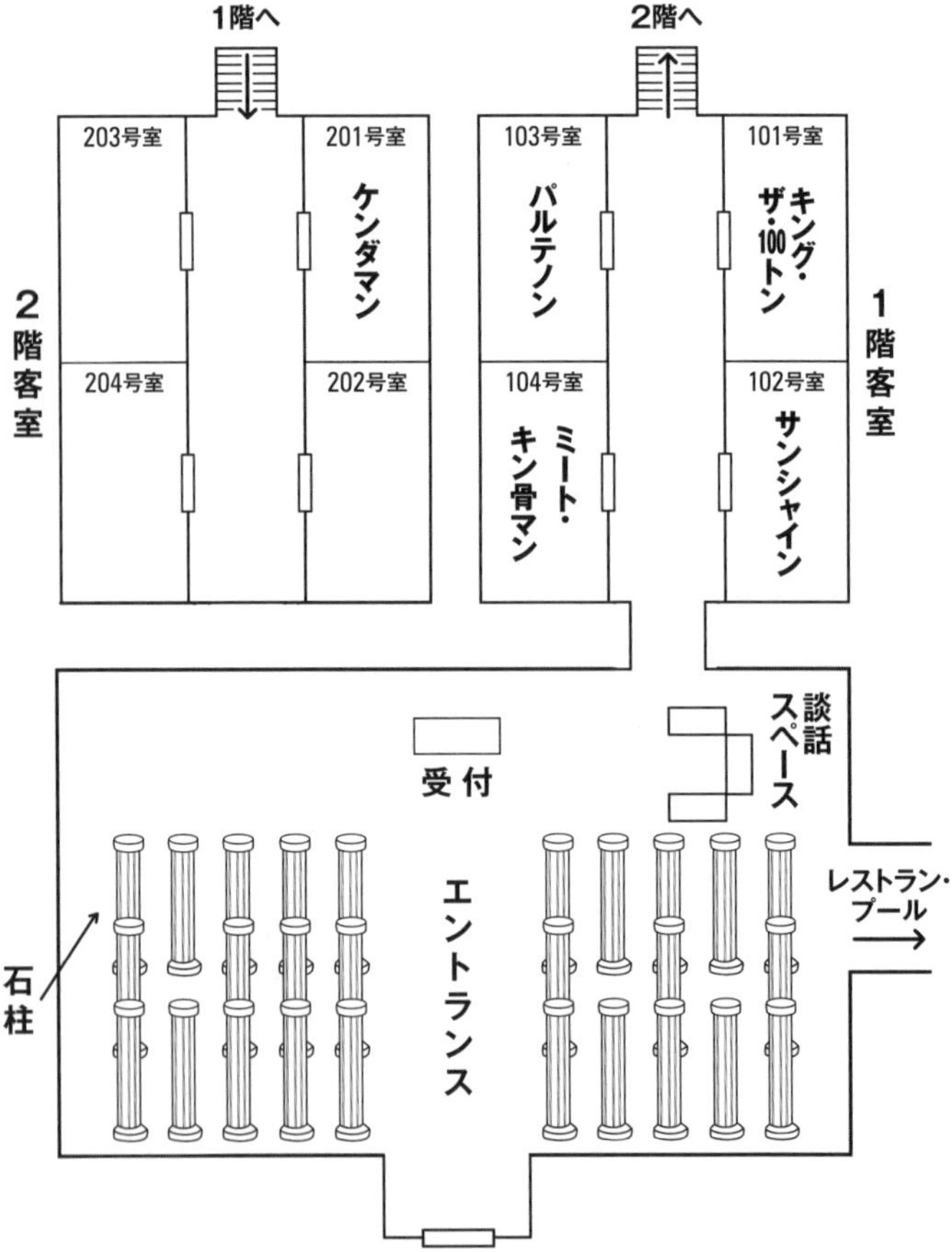

1階へ
2階へ
203号室
201号室
ケンダマン
103号室
パルテノン
101号室
キング・ザ・100トン
2階客室
204号室
202号室
104号室
ミート・キン骨マン
102号室
サンシャイン
1階客室
談話スペース
受付
レストラン・プール
石柱
エントランス

1

日本百名山にも数えられる茨城県《いばらきけん》の名峰《めいほう》――筑波山《つくばさん》。

それに連なる山々の頂《いただき》に、とある超人《ちょうじん》が佇《たたず》んでいた。

――時は満ちた。やがて、ここにミートたちがやって来る。

超人はここまで自分がしてきたことを振り返った。

邪悪の神の密命を受けて〈知《ち》の渇望者《かつぼうしゃ》〉と名乗ったこと。ミートに〝知《ち》の惨劇《さんげき》〟を予告した手紙を送りつけたこと。各地で暗躍《あんやく》して超人殺人を引き起こしたこと……。

残す事件はあと一つ。それが終われば、自分は神にも等しい立場を手にすることができる。

風が強くなった。地平線の果てでは、すでに暗雲が立ち込めている。

これも神の計らいだろうか、今夜は嵐になりそうだ。

陸の孤島と化した逃げ場のない館《やかた》、殺す者、殺される者、そして謎を解く者。

〝知の惨劇〟最後の役者がまもなく揃う。

雷鳴の如き高笑いが天にこだました。

2

対向車とギリギリすれ違えるかどうかといった狭い山道を、年季の入った軽トラックが駆けていく。

荷台の側面には〝キン骨《こつ》マン号〟と黒いペンキで手書きされている。助手席に座るミートは、手にしたトラベルガイドから目を逸《そ》らすと深呼吸した。

「ふぅ～……こんなことなら、茨城まで電車で行って、そこからレンタカーを借りるべきだったなぁ」

「ムヒョッ？　あちきの愛車の乗り心地が気に入らないのか？」

キン骨マンは口笛を吹きながら、ハンドルをぐるりと回した。くねくねとした山道をカーブするたびに、内臓を左右に引っ張られる感覚がミートを襲う。

キン肉《にく》ハウスのある田園調布《でんえんちょうふ》から、下道を使って三時間。ミートとキン骨マンは、筑波山に連なる山の一つ、その頂を目指しているところだった。

その理由はもちろん、〈知の渇望者〉から新たな手紙が届いたからである。

『×月△日　巨人荘《きょじんそう》にて、超人による最後の〝知の惨劇〟が起こる』

キン肉ハウスに届いた予告状を見た時、ミートは言い知れぬ不安を感じた。

なぜ今度の超人殺人が最後だと、わざわざ自分たちに伝えたのか。

今回の超人殺人で何かが果たされるのか。

〈知の渇望者〉の正体と、その目的……全てが分からなかった。

がたがたと揺れる車内、壊れて作動しない空調。快適なドライブとは程遠く、気を紛らわそうと外の景色を眺めても、空は黒々としており、不安を煽《あお》るばかりだ。

ミートはトラベルガイドをめくりながら言った。

「ボクたちが向かっている〈巨人荘〉ですが、なかなか変わった宿泊施設のようですね」

「なんというか、厳《いか》つい名前だわさ。オーナーは大の野球好きなんかいな？」

「いえ、巨人とは……古来より神話に登場する巨人のことだそうです。この筑波山一帯は、巨人伝説で有名な地ですからね」

「ムヒョッ、巨人伝説〜？」

キン骨マンが訝《いぶか》しげな顔をする。

「巨人に関する言い伝えは日本各地にさまざまな形で残っていますよ。中でも筑波はその昔、〝だいだらぼっち〟という巨人が、富士山《ふじさん》と筑波山、どちらの山が重いかを持ち上げて比べようとした話が有名ですね」

「富士山と筑波山を持ち上げる⁉　そんなのホラ話に決まってるだわさ」

「どうでしょうね。でも、遥か昔から残っている逸話や伝説には、現代まで継承されてきたそれなりの理由があるのだと思いませんか。案外、日本に残る巨人伝説の由来も、大昔の超人が巨大化した姿だったのかもしれません」

斬新な仮説にキン骨マンは「ムヒョヒョ」と曖昧《あいまい》に頷《うなず》いた。

「おっと、いけない……話が脱線しました。巨人荘は、そんな伝説からヒントを得てオープンした〝巨漢超人《ジャイアントレスラー》〟御用達《ごようたし》の宿泊施設なんだそうです」

「巨漢超人《ジャイアントレスラー》……御用達？」

キン骨マンが目を丸くする。ミートはガイドに記された情報を口にした。

「大型の超人には身長が3メートル以上あったり、体重が1000キロを超える者もいますからね。そういった所謂《いわゆる》〝巨漢超人《ジャイアントレスラー》〟たちは、従来の宿泊施設だとベッドが壊れたり、床が抜けたり、そもそも客室に入れなかったりと……遠征や療養のための宿探しに苦労しているそうです。巨人荘はそうしたニーズに応えるために、一般的な客室の三倍以上の広さや頑丈さで設計されてるみたいですね」

「ムヒョ〜ッ！　あちきも、指名手配されてる犯罪者でも泊まれるような〝悪人荘《あくにんそう》〟を作ろうかいな。高額な懸賞金の犯罪者たちで満室になったところで、館ごと警察に売っ払えば二度美味《おい》しいだわさ」

新たな悪巧みを思いつき、キン骨マンがニヤついている。ミートはやれやれといった様子でガイドを閉じると、フロントガラスを指差した。

「あ、どうやら見えてきましたよ」

森の隙間《すきま》から、無骨な外観の建物が姿を現した。

たとえるならば、正方形の鉄の箱――だろうか。派手さや華やかさよりも、ただただ頑丈さを追及したような殺風景な建物だった。

「まるで、伝説の巨人〝だいだらぼっち〟を閉じ込める檻《おり》のようですね」

目的地に到着したミートとキン骨マンは軽トラから降り立つと、暗雲の下で不気味に聳《そび》える巨人荘を見上げた。

3

重々しい音を立てて、巨大な自動ドアが開く。

ミートは巨人荘に足を踏み入れるなり、「ひゃあ～っ」と声を上げた。

まず飛び込んできたのは、突き当たりまで30メートルはありそうな広大なエントランスだ。

天上の高さは10メートルほどで、床も壁も一面大理石で覆われている。

何よりも特徴的なのは、だだっ広い空間に並ぶ無数の石柱だろう。中央を避けて左右に分けて配置されており、ざっと数えたところ三十本ほどはある。

高級ホテルの優雅さというよりは、重厚な神殿の威圧感をミートは抱いた。

石柱の森の先にはフロントがあり、スーツ姿の人間が立っている。ミートたちが近寄ると、深々とお辞儀した。

「ようこそおいでくださいました。ミート様、キン骨マン様」

「はあ、どうも……」

言いながら、ミートは男を見上げた。

人間のようだが身長は2メートルを超えている。スーツ越しでも分かる屈強な身体つき、鉄板を張り付けたような蒼白で平たい顔、丁寧だがどこか機械的な言葉遣《づか》い。まるで——

「フランケンシュタインみたいな奴だわさ」

キン骨マンが普通に口にしたので、ミートは脇腹に素速くエルボーを放った。男は気にする様子もなく、淡々と名乗る。

「はじめまして。巨人荘の支配人を務める不乱剣太郎《ふらんけんたろう》です」

「えっ、フランケンタロウ!?」

ミートは目を丸くした。名は体《たい》を表すというが、いくらなんでも……。動揺を悟られないように、薄い笑みを浮かべたままの支配人に訊《たず》ねる。

「あの、なぜボクたちの名前が分かったのですか?」

「なぜ……とは？　本日から巨人荘に、ミート様たちがご宿泊されると、ご予約を承《うけたまわ》っておりましたので」

支配人が眉根を寄せる。ミートとキン骨マンは顔を見合わせた。熱海《あたみ》のホテルニューマカオと同様、二人の滞在は決定付けられていたようだ。

「相変わらず、〈知の渇望者〉は準備がいいだわさ。支配人、あちきたちの部屋はバラバラかいな？」

「いいえ、お二人で一つの部屋にご宿泊されると伺ってましたが、えっと……」

ますます困惑する支配人。キン骨マンはため息まじりにぼやいた。

「それにしても、なんで毎回相部屋なんだわさ！　太っ腹なのかケチくさいのか、よく分からん奴だわさ」

「ボクだって、できれば一人で過ごしたいですよ！　とにかく……今度こそ超人殺人を事前に防ぎましょう」

ミートの言葉に力が込もる。ここまで〈知の渇望者〉にいいようにされてきたので、なんとしても一矢《いっし》報《むく》いなければならない。

二人の会話を気にしながらも、支配人はルームキーを取り出した。長方形のキーホルダーには〈１０４〉と刻まれている。

「それでは、御部屋にご案内させていただきます」

「あ、その前に一ついいですか」

客室へ歩き出そうとした支配人が振り返る。

「なんでございましょう、ミート様」

「この巨人荘に今どんなが超人が宿泊しているのか、教えてくれませんか?」

「申し訳ございません。ご宿泊されているお客様の情報を、第三者にお話しすることはできません」

支配人は丁寧な口調で断ると「ですが」と付け加えて、フロントから向かって右側にある空間を指し示した。

「ちょうど他の客室は清掃中でして、ご宿泊されているお客様は、揃ってあちらの談話スペースにいらっしゃいます」

「揃って?」

ミートは談話スペースに視線を移すと、目を凝《こ》らした。角度の問題か、ここからだと一人の超人の姿しか見えなかったからだ。

「すみません、ちょっと話してきます」

そう言うと、ミートはすたすたと歩き出した。キン骨マンが慌ててその後に続く。

談話スペースでは、貫禄のある超人が黒革のソファーに腰掛けていた。新聞紙を広げているはずだが、雑誌でも読んでいるのかと錯覚するほどの巨体の持ち主である。

その迫力にミートとキン骨マンが怯《ひる》んでいると、地の底から轟《とどろ》くような不気味な笑い声がした。

「グォッフォッフォッフォ……どうして、この巨人荘にチビとガリがいるんだ？　てっきり、鼠《ねずみ》が走ってるのかと思ったわ」

ブロックを積み上げたようなスクエアボディ、額《ひたい》と胸に刻まれた日輪《にちりん》の紋章。悪魔六騎士《あくまろくきし》の首領格にして〝砂地獄《すなじごく》の番人《ばんにん》〟——金色《こんじき》の大巨人サンシャインは、眼前の二人を見下ろしながら顎《あご》をしゃくった。

「サンシャイン。悪魔超人《あくまちょうじん》のあなたが、どうしてここに？」

「おいおい、先に質問をしたのはこちらなんだが」

サンシャインはぽりぽりと頭を掻《か》くと「まあいい」と来訪理由を語った。

「オレが巨人荘に来た理由は、バカンス……と言いたいところだが、悪魔超人に休息はない。巨人伝説が残るこの筑波の地で、新必殺技を開発するため、トレーニングに来たとでも言っておこうか」

「ムヒョ〜。なんか悪魔超人って、意外とどこにでもいるだわさ」

キン骨マンは頭の後ろで手を組むと、背後にある石柱にもたれようとした。しかし、石柱が身を躱《かわ》すようにひとりでに動き出したので、そのまま派手に尻餅《しりもち》をついた。

「あいたぁっ!!　な、なんだこの石柱……勝手に動いただわさ!?」

尻を押さえながら、キン骨マンが石柱を見上げる。すると、上方から声がした。

「ギョギョギョ……なんだ、とはこっちの台詞《せりふ》だ。いきなり、人の身体にもたれるなど失礼だと思わないかね？」

声の主《ぬし》の正体が分かり、キン骨マンは仰天した。

アテネの地にあるパルテノン神殿を模した異形《いぎょう》の風貌《ふうぼう》。胴体を支える六本の石柱。ギリシャ彫刻を思わせる彫りが深い顔立ちと、勝利と栄光の象徴の月桂冠《げっけいかん》――欲深き賢者《けんじゃ》パルテノンは、逞《たくま》しい髭《ひげ》を指先で撫《な》でた。

「パルテノン、あなたも宿泊者の一人でしたか」

ミートは背後の石柱と本人を見比べながら言った。談話スペースでは、サンシャインの姿しか見えなかったが、それはパルテノンが背景と同化していただけだったのだ。

「これはこれは、キン肉星《にくせい》大王の重臣《じゅうしん》・ミートくんではないか。どうして君が、下賤《げせん》な怪人などと連《つる》んでいるのかね？」

パルテノンは、王族の側近であるミートには友好的だが、コネクションする必要のないキン骨マンには露骨に見下した態度を取っている。

「ムヒョッ……下賤だと～？　この神殿オヤジ、表出ろだわさっ」

しゅしゅしゅっ、とシャドーボクシングで牽制《けんせい》するキン骨マンを、ミートが手で制す。

「ボクたちのことは後で話しますので、まずはあなたの滞在理由を教えてください」

「ギョギョギョッ、私はそこの悪魔超人と違って、トレーニングといった高尚な理由でここに来たわけではないよ」

「では、なぜ?」

「ビジネスだよ。私には超人レスラーの他にも、美術商としての才覚もあってね。今、故郷ギリシャの富裕層の間ではジャパニーズ・アートが大人気なんだ」

パルテノンは、ぐふぐふと強欲な笑い声を漏らした。

「ウキヨエ、ブツゾー、サムライソード……そういった日本の古美術を大量に買い付けるためにやって来たのさ。私の審美眼と交渉術があれば、仕入れ金を何百倍にすることも可能だろう。今回の来日でもたくさん稼がせてもらうつもりだ」

「ムヒョ～ッ……ギリシャで骨董品屋《こっとうひん》でも開いてろ。時代は現代アートだわさ!」

得意げに語るパルテノンに、キン骨マンが対抗意識を燃やす。

談話室には外の景色を一望できるハメ殺しの窓がある。その前に、鉱物でできた巨大な球体と、いくつかのプラカードが置いてあった。

「ムヒョヒョ。たとえば、こういう一見ただのクズ鉄にしか見えないものにも、有名な芸術家が造ったとか、それっぽいテーマがあると言い張ることによって、観る者が勝手に価値あるものだと思い込むんだわさ。これぞ現代アート!」

「偏見がすごい……! 結局金儲けのことしか頭にないんじゃないですかっ」

ミートがため息を吐《つ》く。キン骨マンは何が悪いと言わんばかりに、自身の背丈以上の巨大な球体を手で叩いた。

「ムヒョヒョッ、いいことを思いついた。あちきは今後、正体不明のアーティストとして活動して、街中に描いたラクガキをアートと言い張るだわさ」

「ベタベタと触るんじゃねえ！」

突然、球体が喋った。キン骨マンは「ムヒョッ!?」と叫びながら、再び尻餅をつく。その拍子にプラカードが床に散らばった。

「まったく、人が気持ちよく昼寝しているのに邪魔しおって〜」

球体が徐々に別の形に変化していく。巨大な分銅《ふんどう》に手足の生えた無骨《ぶこつ》な身体《からだ》、ひょっこりと突き出た顔から覗く吊り目、胸に刻まれた「t」の文字――巨漢超人《ジャイアントレスラー》の中の巨漢超人《ジャイアントレスラー》、キング・ザ・100トンは苛立《いらだ》たしそうに両腕を組んだ。

「……で、誰がクズ鉄だってぇ〜！」

鋼鉄の巨人に睨まれて、キン骨マンがあわあわと取り乱す。ミートは咳払《せきばら》いを一つしてから訊ねた。

「キング・ザ・100トン。あなたは、どうしてここに？」

「どうしてって、ただのバカンスさ。オレはこの巨人荘に、もう何度も通っているヘビーリピーターなんだ」

「なるほど。でも、アメリカ・デトロイト出身のあなたが、何度も日本の茨城に訪れるのは大変なのでは？」

ミートの質問に、キング・ザ・100トンは豪快に笑った。

「ゴーホホホッ！　だからといって、他に泊まれる場所もないからな。大抵のホテルはオレが泊まるだけで床が抜けたり、倒壊しちまう。そのためオレは、全国のホテルで出入り禁止になっているんだ」

巨漢超人《ジャイアントレスラー》ゆえの悩みに、ミートが苦笑《くしょう》する。

気づけば談話スペースには、サンシャイン、パルテノン、キング・ザ・100トンと名だたる巨漢超人《ジャイアントレスラー》たちが揃い踏みしていた。聞くと三人とも数日前から、この巨人荘に宿泊しているらしい。ミートは神妙な面持《おもも》ちで切り出した。

「それでは、ボクとキン骨マンがこの巨人荘にやって来た理由をお話しします」

4

〈知の渇望者〉という謎の存在、これまで起きた超人殺人、そしてこの巨人荘で予告された最後の〝知の惨劇〟……ミートの話に巨人たちは皆、興味深そうに耳を傾けた。

「ということで、このままでは超人殺人は必ず起きてしまいます。そうならないためには、皆様の協力が必要不可欠です！」

ミートに力強い眼差しを向けられて、巨人たちが各々《おのおの》思案する。

「グォフォフォッ、協力するといってても何をすればいい？　オレに怪しい奴を教えてくれれば、そいつをブチのめしてやってもいいんだがなぁ〜っ」

サンシャインが左手を右手で包んで、バキボキと音を鳴らした。キング・ザ・１００トンが皮肉げに呟《つぶや》く。

「ゴーホホホッ……どの口が言う、砂野郎。この中で一番怪しい人物は、悪魔超人であるお前だろうが」

「お、やるか？　トレーニングのためにやって来たのに、うっかりサンドバッグを忘れちまって困ってたんだ」

殺気立って睨み合う二人。それを見てパルテノンは頭を抱えた。

「ああ〜っ、これだから野蛮《やばん》な連中は嫌いなんだ。ミート君、少なくとも私は協力するから安心したまえ」

「助かります、パルテノン」

紳士的な態度にミートが安堵する。パルテノンは「ところで」と口にすると、親指と人差し指をくっつけて輪を作った。

「いくら出せるのかな」

「えっ、いくら……とは？」

ミートが目を瞬《しばたた》かせると、パルテノンの顔が欲望で歪《ゆが》んだ。

「ギョギョギョッ、もちろん協力金のことだよ。超人殺人を防ぐために力を貸すんだから、それ相応の報酬をいただいたってバチは当たらないだろう？　カネがないならコネでもいい。君の権限を使って、なんとかこの私をキン肉星の大臣に推薦してくれないだろうか」

「ムヒョヒョッ、この強欲オヤジ……ついに本性を現しただわさ」

キン骨マンが、やれやれといった様子で肩をすくめる。

「引っ込んでろ、薄汚い怪人め。ビジネスの邪魔だ」

小悪党と守銭奴が睨み合う。ミートは勝手に火花を散らし合う四人を一喝するように声を張り上げた。

「いい加減にしてください！　皆様に協力してもらいたいことは、犯人探しでも、相互監視でもなく……至ってシンプルなことです」

一同の視線がミートに集中する。静まり返った談話スペースで探偵は告げた。

「超人殺人を防ぐ唯一の方法は、今すぐ全員でこの巨人荘をチェックアウトすることです。最後の〝知の惨劇〟の舞台となる、この巨人荘に一人も超人が存在しなければ、物理的に超人殺人が起きることは不可能なのですから！」

「グッフォ……まるでとんちだが、確かにもっとも現実的かつ確実な方法だ」

サンシャインは顎に手を当てると、感心したように頷いた。

「だが、そいつは無理な相談だ」

「えっ?」

予想外の反応にミートが困惑する。サンシャインは窓に近寄ると、遠くを眺めるように手をかざした。

「空を見てみろよ。すでに雨が降り始めているし、風も強い。もうじき嵐が来るぞ」

サンシャインの言う通り、空は漆黒《しっこく》に染まり、大粒の雨を零《こぼ》し、強風が木々を激しく揺らしている。いくら超人といえど、嵐の最中に山の頂にある巨人荘から麓《ふもと》に降りるのは危険が伴う。

ミートは逡巡《しゅんじゅん》した。

「しかし……このまま巨人荘にいて、超人殺人が起きるよりはマシだと思います。今すぐ下山を始めれば、嵐の直撃前に街に出られるかもしれません……」

「なら、お前たちだけで出て行くんだな〜っ。オレの身体は砂でできている。風も水も苦手なんだ。嵐の中、下山するなんて御免だぜ」

サンシャインの意志は固く、テコでも動かなそうだった。そこにキング・ザ・100トンの意見が加わる。

「ゴーホホッ、オレもこの巨人荘を出る気はないぜ。この雨の中、下山なんてしようものなら、自慢の身体が錆《さ》びちまう。そもそも山を降りたところで、オレのような巨漢超人が宿泊できるホテルなんざ他にないんだからな」

すでに二人の超人が下山を拒否している。パルテノンは空中でそろばんを弾くように、指を小刻みに動かした。

「ウーム……紀元前に建てられた〝パルテノン神殿〟の化身である私からすれば、この程度の風雨に晒《さら》されることなど問題ではないのだが。やはり、君たちに協力したことに対する謝礼と、有能な私の実働時間を奪った補塡《ほてん》をしてもらわないといけないなぁ」

あくまで金儲けのことしか頭にないパルテノン。結局のところ、巨人荘に滞在する三人の超人は、誰一人として下山に賛同しなかった。

「グ、グムーッ」

ミートが歯軋《はぎし》りをしていると、背後に立つ支配人が咳払いをした。

「ご歓談中のところ申し訳ありません。ミート様、キン骨マン様、そろそろ御部屋にご案内させていただいてもよろしいでしょうか?」

「すみません、でも……」

巨人荘から皆を連れて出て行くつもりだったミートは、言葉を詰まらせた。支配人はすでに宿泊中の超人たちに向かって、ぺこりと頭を下げる。

「皆様、大変お待たせいたしました。スタッフが御部屋の清掃を終えましたので、お戻りいただいて結構でございます」

その言葉を皮切りに、三人の超人がずかずかと歩き出す。ミートの説得虚《むな》しく、全員で巨人荘を退去するという安全策は断たれた。

「それでは、参りましょうか」

支配人が、ミートとキン骨マンを先導する。深いため息《つ》を吐いて談話スペースを振り返ると、窓の外では雨が一層強まり土砂降りになっていた。

5

巨人荘の客室は、談話スペースから通じる廊下の先にある。

廊下を抜けると左右に分かれて二つずつ、インターホンの付いたドアが確認できた。

「向かって右側の奥から１０１、１０２号室。左側の奥から１０３、１０４号室となっております」

支配人が簡潔に説明した。ミートたちの部屋は１０４号室、すぐ左にある客室で宿泊することになる。廊下の先にある階段を見て、ミートは訊ねた。

「階段がありますが、二階も客室フロアなんですか?」

「はい。巨人荘は二階建てでございまして、上にも一階と全く同じ構造の客室が四部屋ございます」

支配人はそう言うと、マスターキーを使って104号室のドアに手をかけた。

客室のドアは巨漢超人《きょかんちょうじん》に配慮してか、ホテルには珍しい両開きのドアとなっている。それもガレージのシャッターのような大きさなので、支配人はドアを押し開ける際に、「むん！」と力強い掛け声を発した。

ゆっくりと分厚《ぶあつ》いドアが開かれる。支配人はハンカチで額の汗を拭《ぬぐ》うと、ミートたちを手招きした。

「わーっ、すごい広さだ」

客室を覗いたミートは感嘆の声を漏らした。巨人荘の客室は、テニスコートを二つ横に並べたような広さで、天井の高さはエントランスと同じく10メートルほど、床と壁一面もやはり大理石で覆われている。

室内の家具、調度品はキングサイズ二つ分の大きさはあるベッドに、ワゴン車と見間違えるほどのバスタブ、映画館から持ってきたような巨大なテレビスクリーンなど……何から何まで馬鹿でかい。〈巨人荘〉の名に相応《ふさわ》しい、巨漢超人仕様の部屋だった。

「どのようなお客様でも、初めてこの部屋を見た時は驚かれます」

支配人は誇らしげに胸を張ると、天井を見上げた。視線を追うと、広大な室内を隅々まで照らすため、いくつものシャンデリアが吊るされている。

「巨人荘の客室は、ただ広いだけではございません。1000キロを超える超人の方々が、快適にお過ごしいただけるように防音性、耐震性も完璧でございます。仮に二階でインド象が運動会を開いたとしても、下の階に足音が響くことは一切ございません！」

「なるほど。もう、ちょっとしたシェルターですね」

「ええ。それにしても、これまでたくさんの巨漢超人《ジャイアントレスラー》の方々が、この巨人荘を訪れましたが、ミート様ほど小さなお客様は初めてでございます」

支配人はくすりと笑うと、一礼してから廊下に出た。そして、内側に開いたままのドアを両手で掴《つか》み、再び「むん！」と気合いを入れる。

銀行の金庫のように分厚いドアがゆっくりと閉じていく。人間が開閉するには相当な重労働らしく、支配人の額には血管が浮かび上がり、スーツのボタンが勢いよく弾け飛んだ。

「ふしゅる〜っ……そ、それでは、ご、ごゆっくり、お過ごしくださいませ」

「ちょっと大丈夫ですか？　無理しないでくださいっ！」

ミートは少しでも支配人の負担が減るように、内側からドアを押した。

「も、申し訳ありません……はふっ、はっ！　ぐぎぎぎぃっ！」

開くよりも閉じる方が大変なのか、それとも今日だけで何度もドアを開け閉めして両腕が限界なのか、支配人が力の限り叫んだ。

「あ、あわわっ！　支配人さん、あとはボクたちがやりますから、もう大丈夫です！　ちょっと、キン骨マン！　あなたも手伝ってください！」

「なんで、あちきまで……」

冷ややかな目で二人の様子を眺めていたキン骨マンは、仕方なくミートの横からドアを押すのを手伝った。

「ムヒョッ!? び、びくともしないっ!! どんだけ重いんだわさ、このドア!?」

顔を真っ赤にして、ドアを閉じる三人。ドアが完全に閉まる直前、僅《わず》かな隙間から顔を覗かせる支配人が告げた。

「あ、そうだ、ミート様に一つ……伝言がございました」

「えっ?」

「さきほど……エントランスで他のお客様とご歓談されている時、フロントにミート様宛てにお電話がございました」

「ボクに電話……? あ、相手は誰ですかっ」

「ふ、ふしゅる〜っ……えっと、たしか、キン肉《にく》マン様と申されておりました」

「王子っ!?」

思わぬ名前が飛び出し、ミートは叫んだ。

「伝言をお伝えします……『日本に到着した。夜には巨人荘に到着する』とのことです。何やら向こうもお急ぎだったのか、伝言だけ残されると、すぐに電話を切られてしまいましたので、それ以外のことは分かりかねます……ぎぎぎぎぃっ!」

「王子が、来るっ!?　そうですか、ありがとうございます!!」

ミートは声を弾《はず》ませると、客室のドアを閉じ切った。外部の音が遮断されて、室内が静寂に包まれる。

「ムヒョ～ッ、キン肉マンの奴……どうして、あちきたちが巨人荘にいることを知ってるんだわさ?」

キン骨マンは、荒い息を整えながら訊ねた。

「もちろん、ボクが逐一《ちくいち》報告してました」

ミートは熱海で起きた超人殺人を解決した後、キン肉マンに応援の要請をしていた。キン肉マンは大王としての重大な職務を片付けるまで、キン肉星を離れることはできなかったが、その間も二人は連絡を取り合い情報を共有していたのだ。

最後に連絡をしたのが、ミートとキン骨マンが巨人荘に向かう直前。最後の〝知の惨劇〟を止めるため、キン肉星から急行したのだろう。

最強の助っ人の登場に、ミートの胸が高鳴る。

「ムヒョッ。今さらアホのブタが来たところで、何の役に立つんだわさ?　それに、嵐はこれから強くなる一方だわいな。果たして、この巨人荘に辿り着けるかどうか……」

キン骨マンの舌打ちが室内に響く。

「そうか、よりによって今夜は嵐か」

ミートは部屋の奥――25メートルは先にある壁に嵌《は》められた巨大な窓に視線を向けた。外部の音を遮断しているため実感は湧かないが、風雨の激しさは増すばかりだ。すでに公共の交通機関に影響が出ている可能性も高い。

「信じましょう……王子は必ず来てくれると」

ミートは祈るように呟くと、相棒に提案した。

「そうだ。よかったら談話スペースに行きませんか」

「ムヒョッ？　なんでまたあそこに？」

「王子が到着した時に、すぐに気づけるようにしたいんです。それに談話スペースからなら、客室に通じる廊下を見張ることもできます。超人殺人を起こそうとしている者が、他の超人の部屋に侵入するのを防ぐためにも二人で監視しましょう」

「ムヒョ～ッ、まあいいか。この部屋にいると自分が小さくなったような気がして、落ち着かないだわさ」

キン骨マンは足元を見ながら苦笑した。大理石の床は、一枚2平方メートルのタイルになっており、それが部屋の奥まで延々と続いている。

「人は部屋がでかいというだけで、ここまで心が不安になるものなのですね。もっとも、このホテルの客層である巨漢超人たちからしたら、居心地のいい部屋なのでしょうが」

ミートは部屋から出るためドアに手をかけた。しかし、防音性を追求したドアはびくともしない。

「あ、ああ〜〜っ！　忘れてた……この客室のドア、めちゃくちゃ重いんでしたぁ〜っ！」

この後、ミートとキン骨マンは五分ほどかけて、ようやく客室から廊下に出ることができた。

6

午後四時。

談話スペースに戻ってきた二人は、馬が横になっても収まりそうな特大ソファーに腰掛けながら、キン肉マンの到着を待ち続けた。

同時に客室に通じる廊下の監視も怠らない。窓を見ると、横殴りの雨が視界を塞《ふさ》いでいて、まるで水中にいるのかと錯覚するほどだった。

午後六時になった時——重々しい音を立てて、出入り口の自動ドアが開いた。最後の宿泊客が巨人荘に辿り着いたのだ。

「王子っ！」

客室の監視に集中していたミートとキン骨マンは、ソファーを飛び降りて、エントランスに駆け出した。

「王子、お待ちしておりましたっ！　嵐の中、よくぞここまで……」

自動ドアの前でずぶ濡れになった超人の姿を見て、ミートは絶句した。眼前に立つ超人には、頭部が付いてなかったからだ。

「ゲッ、ゲエエエ――――ッ!?　王子っ……どうして!?」

「ム……ムヒョ〜〜ッ!?　首無し死体だわさ〜〜っ!!」

二人の絶叫がエントランスに響き渡る。すると、首無し超人の手がひとりでに動き出して、足元を指差した。

「おい、落ち着け。オレの頭はこっちにちゃんとある」

「へっ?」

首無し超人の足元には、鎖に繋がれた鉄球が転がっていた。鎖は左手から伸びており、鉄球にはパッチリとした二重《ふたえ》瞼《まぶた》の目が浮かんでいる。

「よーく見やがれ。オレはキン肉マンとは似ても似つかぬ別人だ〜っ!」

首無し超人はひょいっと鉄球を宙に浮かすと、首元から伸びた突起に突き刺した。頭部は鉄球、首から下は甲冑《かっちゅう》を着た大男という、歪《いびつ》な姿の超人が完成する。

「あ、ああ〜〜っ!!　あなたは……完璧超人《パーフェクトちょうじん》・ケンダマン!!」

冷静さを取り戻したミートは、鉄球頭の巨人の名を叫んだ。

「フンッ、ここは巨漢超人《ジャイアントレスラー》のためのホテルと聞いたが……どうして、お前らのようなチビガリコンビがいるんだ?」

ケンダマンは訝しげに二人を見下ろすと、そのままフロントに向かって直進した。ズシンズシンという足音とともに、水滴が床にこぼれ落ちる。

「おう、予約はしてないんだが泊まれるか？」

ぶっきらぼうな口調のケンダマンに、支配人は深々とお辞儀した。

「はい、二階なら空室がございます。ああ……ずぶ濡れでございますね。お風邪をひかれたら大変です。こちらのタオルでお拭きくださいませ」

「助かる」

支配人からタオルを受け取ると、ケンダマンは談話スペースに移動した。

「どっこいしょ」とソファーに腰を下ろすと、濡れた頭部を取り外し、胸に抱えたままゴシゴシと拭き始める。ミートは困惑した表情で訊ねた。

「ちょっと待ってください。ケンダマン、なぜあなたがここに？」

「カラカラカラ……正義超人界随一の頭脳の持ち主、アレキサンドリア・ミートか。お前には、オレに課せられた使命を教えてやってもいいかもしれんな」

そう言うと、ケンダマンの二重瞼《ふたえまぶた》が鋭くなった。

「オレは完璧《パーフェクト》超人の偵察隊。最近、超人界を騒がせている〝超人殺人〟の調査をするため、この巨人荘にやって来た」

「ええっ!?」

ミートは驚きのあまり、大きくのけぞった。

「完璧超人が、どうして超人殺人の調査に乗り出しているんですか!?」

「それはそっちで勝手に想像してくれ。だが……ある筋から、この巨人荘で超人殺人が起きるという情報を手にした。古くより、何事もリングの上で決着をつけてきた超人界にとって、トリックによって相手を殺《あや》める〝超人殺人〟は禁忌《きんき》だ。神の代行者である完璧超人が見過ごすわけにはいかん」

ケンダマンは全身を拭き終わったタオルを、フロントに向かって投げつけた。

「ということで……命が惜しければ部屋の中から一歩も出ないことだ。土砂崩れのせいで、この山から降りることもできないんだからな」

「ムヒョッ!? どういうことだわさっ!?」

キン骨マンが目を剝《む》いた。ケンダマンが肩をすくめる。

「この嵐のせいで、山の中腹で派手な土砂崩れが起きてな。巨人荘に通じる唯一の道路が完全に封鎖されちまった。オレは運良く巻き込まれずに済んだが……この嵐がやむまでの間、もう誰もこの巨人荘に来ることも、出ることもできないだろうぜ」

「そんなっ! それじゃ、王子は……」

ミートの顔が青ざめる。

「ケンダマン様、それでは御部屋にご案内いたします」

チェックインの手続きが済み、支配人がフロントから歩み寄った。

「よろしければ、手荷物をお持ちしましょう……って、あがががが！」

支配人の両腕がぷるぷると震える。ケンダマンの胸に抱えた頭部を持とうとしたら、予想以上に重かったらしい。

「これは荷物じゃねえ、オレの頭だっ！　案内なんていらん、鍵だけよこせ」

ケンダマンが自分の頭を奪い返す。支配人は慌ててルームキーを手渡した。

「大変失礼いたしました、２０１号室でございます！」

「フンッ、世話になるぜ。何か起きたら、すぐに知らせろ」

ケンダマンが大股で客室に向かう。ミート、キン骨マン、支配人はそれを啞然と見送ることしかできなかった。

「ムヒョヒョッ……それにしても、土砂崩れなんてツイてないだわさ」

キン骨マンがため息を漏らす。ミートは現在の状況を整理した。

巨人荘には現在、ミート、キン骨マンを除いて、四人の巨漢超人が宿泊している。

サンシャイン、パルテノン、キング・ザ・１００トン……そして、たった今チェックインしたばかりのケンダマンだ。

ケンダマンの話が嘘でなければ、嵐がやむまでの間、キン肉マンが巨人荘に辿り着くことはできないだろう。

閉鎖空間《クローズド・サークル》――ミートたちは、陸の孤島と化した巨人荘で、最後の超人殺人を防がなければならない。

「こうなったら、全員を集めて相互監視をするしかないですね……」

ミートがそう口にした瞬間。

「ウギャアアァァァア――――ッ!!」

という断末魔のような叫び声と、凄《すさ》まじい衝撃音が鳴り響いた。

探偵の策に先んじるように、犯人が超人殺人を実行したのだ。

7

突然の悲鳴にミート、キン骨マン、支配人の三人は戦慄《せんりつ》した。

「なっ……今のは誰の悲鳴だっ!?」

ミートの心臓の鼓動が速くなる。ほぼ絶え間なく、談話スペースから客室に通じる廊下を監視していたが、部屋を出た者はいなかったはずだ。

「と、ともかく、全員の無事を確かめましょう!」

ミートは廊下を突っ走ると、一階に宿泊している超人の生存確認をすることにした。まずは右手奥側にある101号室のドアを激しくノックする。

「緊急事態です、開けてください！　無事ですか〜〜っ？」

しかし、反応はない。支配人が恐縮したように口を挟む。

「ミート様……客室は完全防音となっているため、ノックをしても気づきません」

「はっ、そうでした」

すぐにドアの側に設置されたインターホンを連打する。その間に支配人が１０２、１０３号室の生存確認に回った。

しばらくして、ミートが対応していた１０１号室のドアが静かに開いた。警戒するように僅かな隙間から、廊下の様子を窺うのはキング・ザ・１００トンであった。

「どうした騒々しいぞ。何かあったのか？」

鋼鉄の巨人に迷惑そうに睨みつけられたが、ミートは安堵の息を漏らした。

「ここはあなたの部屋でしたかっ。とにかく、無事でよかったです！」

それと同時に他の部屋のドアも開き、中から宿泊客たちが姿を現した。

「グォフォフォッ……なんだ〜っ？　超人殺人とやらが起きたのか」

どこか楽しげな笑みを浮かべているのは、１０２号室のサンシャイン。

「まったく、有能な私の貴重な仮眠時間を奪いおって……」

額にアイマスクをつけたまま目をこするのは、１０３号室のパルテノン。

客室の廊下が一気に巨人たちで溢《あふ》れる。キン骨マンが天井を見上げた。

「一階の超人は全員無事？　……ってことは、二階のケンダマンがやられたのか？」

「なにぃ、ケンダマンだってぇ？」

サンシャインが眉根を寄せる。新たな宿泊客がこの巨人荘にチェックインしたことを、ここにいる巨人たちはまだ知らない。

「説明は後です！　とにかく、二階に行きましょう！」

ミートは先陣を切って階段を駆け上がった。

二階の客室も一階と全く同じ配置で、四つの部屋が並んでいる。

ケンダマンに割り当てられたのは２０１号室だが、ノックをする必要はなかった。すでにドアが全開だったからだ。

室内から、ぷんと血の匂いが流れてきた。全員の顔に緊張の色が浮かぶ。

「ケンダマン、無事ですかーっ!?」

意を決して室内に足を踏み入れると、そこには衝撃の光景が広がっていた。

部屋を入って数歩の距離に、きらりと光輝く結晶が散乱している。

結晶の正体は、粉々に砕け散った硝子《ガラス》の破片であった。そのすぐ先には、大量の血溜まりが大理石の床を真っ赤に染め上げている。

さきほど嵐を掻《か》い潜《くぐ》り、巨人荘にチェックインしたばかりのケンダマンは、巨大なシャンデリアの下敷きになって圧死していた。

「ゲ……ゲエエエエ――――ッ!?」

ミートの絶叫が巨大な客室に響き渡る。その背後では、三人の巨人たちが三者三様のリアクションで、凄惨《せいさん》な殺害現場を見つめていた。

「ムヒョッ……どうして、ケンダマンが!? こいつがチェックインしてから、まだ五分も経ってないってのに!!」

キン骨マンが、かたかたと全身を震わせる。ミートも異常とも言える〝犯行速度〟に違和感を覚えていた。

悲鳴が聞こえた時間的に考えて、ケンダマンは室内に入った瞬間に殺されたのだろう。まるで、犯人が標的を殺したくてウズウズしていたかのようなスピード感だ。

完璧なる密偵――ケンダマンは、巨人荘に足を踏み入れて早々と〈超人殺人〉を体験することになった。自らの死をもってして……。

「あれ?」

ここでミートは、ケンダマンの死体に〝あるもの〟が足りないことに気づいた。

周囲を探しても見当たらず、またその理由も見当がつかず、次第に恐怖が込み上げてくる。

「おかしいぞ、どこだ……?」

「ムヒョッ、何を探してるんだわさ」

キン骨マンが相棒の異変に気がつき、首を傾げる。ミートは震える声で伝えた。

「首がないんです。ケンダマンの死体から……鉄球が消えています」

8

嵐の中、巨人荘で起きた超人殺人。

事件関係者は一階の談話スペースに場所を移し、ミートから取り調べを受けることになった。

「まず、皆様に今回の超人殺人について説明します」

探偵が鋭い眼差しを周囲に向けた。その隣にはキン骨マンと支配人が控えている。

サンシャイン、パルテノン、キング・ザ・100トンは、コの字に並んだソファーにそれぞれ腰を下ろし、探偵の発言にバラバラに頷いた。

「皆様も見た通り、殺されたのは完璧超人・ケンダマンです。彼は一連の超人殺人を引き起こしているのが誰なのか突き止めるため、調査にやって来たようです」

「グォッフォッフォッ、調査ねえ……自分で殺されちゃ世話ないぜ」

サンシャインが意地の悪い笑みを浮かべる。客室に籠《こも》り、ケンダマンとは一度も顔を合わせなかったとはいえ、あまりにも冷血な態度だ。

「おっと、話の腰を折って悪《わり》いなぁ。なんせ、完璧超人には一度殺された恨みがあるんでな。いけ好かねえエリート気取りの超人が死ぬ様を見て、正直言うと胸がスカッとしてるんだ」

砂の悪魔は角ばった足を組むと、続きを促すように顎をしゃくった。

ミートはひとまず話を進めることを優先する。

「……ケンダマンが巨人荘に到着したのは午後六時。それからフロントでチェックインを済ませて、二階にある客室に向かったのが六時五分ほど。それから、一分あったかどうかという短い時間の後、彼の絶叫とシャンデリアが落下するような衝撃音が聞こえました」

「ギョギョギョギョッ、ほとんど瞬殺じゃないか。まるで、超人殺人リアルタイムアタックだな」

パルテノンが俗物的な笑い声を上げる。

「それにしても凄惨な殺人現場だったね。私は死んだ超人の血を見ると、胸の六本の柱が疼《うず》いてしまうというのに。まいったまいった」

智慮《ちりょ》深い彫像が、内に秘めた残虐性を晒した。

ミートは犯行時刻に続いて、犯行現場を振り返る。

「さて、ケンダマンの死因ですが……状況的に、天井に吊るされたシャンデリアが落下して、その下敷きになったことによる圧死と予想されます」

客室の天井には広々とした室内を照らすため、いくつものシャンデリアが吊るされていた。

ケンダマンの死体の真上には、千切《ちぎ》れた鎖が天井に残っており、そのシャンデリアが落下したと見て間違いない。

重量1トンを超す巨大シャンデリアは、ケンダマンの骨という骨を砕いてペシャンコにし、さらに無数に伸びる金属の突起が、怪物の牙《きば》のように全身を貫いていた。

もちろん、これは超人殺人。犯人は自身の能力や必殺技を駆使しているはずなので、シャンデリアによる圧死は偽装という可能性も十分残っている。

「今分かっているのは、死体の位置がドアから近かったことと、断末魔の叫び声が一階まで聞こえたことから、ケンダマンは201号室のドアを開けた瞬間に殺された……ということでしょうか」

「ゴーホホホッ、では何者かが201号室に忍び込んでおり、ケンダマンとやらを待ち伏せしていたということか」

キング・ザ・100トンがぽんと手を打った。

「それじゃ、犯人はケンダマンの死の直前に、自分の部屋から出た者だ。なんだ、簡単に解決できそうじゃないか！」

鉄塊《てっかい》の化身が、その身を震わせて笑う。探偵はかぶりを振った。

「いえ、ボクとキン骨マンは午後四時から午後六時までの間、談話スペースから客室の廊下を見張ってましたが、一階の宿泊客が部屋から出てくることは一度もありませんでした」

「ゴホッ？」

事態を楽観視していたキング・ザ・100トンの顔がこわばる。

「支配人さん、一つ確認したいのですが。廊下にある階段以外で、二階に上がる方法はありますか？」

ミートが訊ねると、支配人は慌てて答えた。

「いいえ……ございません。巨人荘は1トンを超える巨漢超人の方々がメインターゲットのため、エレベーターの設置を断念しました。なので二階に上がるには、必ず階段を使わなければなりません！」

「なるほど、そうなると奇妙なことになりますね。犯人は自室から201号室に向かう時と、殺人を終えて201号室から自室に戻る時……最低でも二度は階段を使用しているはずです。談話スペースで部屋から出る者を監視していたボクとキン骨マンが、それを見逃すとは考えられません」

三人の巨人たちがぴくりと反応する。

「ムヒョッ……じゃあ、犯人は透明になれたり、瞬間移動ができる超人ってことかいな？」

キン骨マンの言葉に、ミートは曖昧に頷いた。

「それはこれから検討していきましょう。最後に、今回の超人殺人で最も不可解だった点についてお話しします」

ミートは自分の首元を押さえながら言った。

「殺されたケンダマンの死体には、首がありませんでした。201号室を隈《くま》なく探しても、見つかりませんでしたので……犯人が何かしらの理由で持ち去った可能性があります」

「なんだか、ややこしいな。あいつの首って、左腕に繋がった鉄球のことか？」

サンシャインが記憶を辿るように、顎に手を当てる。

「はい、左腕の鎖は強引に千切られた跡がありました。犯人にとって、何か不都合なことを隠すためだったのか？　それともケンダマンの首を奪うこと自体が目的だったのか？　今のところ理由は皆目見当がつきません」

「ギョギョギョッ……嵐の中の殺人事件と、消えた生首か。血なまぐさくて結構じゃないか。なあ支配人、よかったらワインをもらえないだろうか？」

パルテノンは楽しそうに手を叩いて、支配人を走らせた。

ミートは曲者《くせもの》揃いの巨人たちを見て、もはや超人強度の譲渡によってケンダマンを蘇生させ、真相を聞き出すことは不可能だと悟った。

事件は推理によって解き明かすしかない。探偵は宣戦布告をした。

「これから皆様に、ケンダマン殺しを実行できる能力があるかを検討します」

9

午後七時半。

事件の詳細を共有したところで、ミートは本格的な取り調べを始めることにした。

「犯人は何かしらの能力を駆使して、誰にも目撃されずに201号室に侵入し、ケンダマン殺害後に自室に戻っています。まずはサンシャインから、それが可能かどうかを考えていきましょう」

「グォフォフォッ……いくらオレが悪魔超人だからって、超人殺人の犯人だと疑うなんて酷《ひど》いじゃないかっ」

サンシャインは砂できた身体に手を突っ込むと、小さな木箱を取り出した。中にはキューバ産の高級葉巻が入っており、鼻歌を歌いながらそれを指で挟む。

ミートは毅然《きぜん》とした態度で相手に訊ねた。

「ご心配なく、この場にいる全員を平等に疑わせていただきます。さて、サンシャイン……全身が砂でできたあなたは、その姿をさまざまな形に変えることができますね」

「ああ、それが？」

素っ気なく答えると、葉巻の先端を歯でカットし、マッチで火を点ける。境界線のように、探偵と悪魔の間に白い煙が立ち昇った。

「あなたは今のような〝人間態《にんげんたい》〟を崩して、大量の砂となって地を這ったり、宙を舞うこともできます。その状態なら客室の廊下を監視していたボクたちに気づかれずに、階段から二階に上がれるのではないでしょうか？」

「グォッフォッフォッ、たしかにな。やろうと思えば、室内の換気口を伝って、相手の部屋に侵入……なんて芸当もできるんじゃねえか」

フェアなのか、それとも余裕なのか、サンシャインは自分の能力が超人殺人に適していることを、あっさりと認めた。

「ムヒョッ、じゃあ……」

キン骨マンがごくりと息を吞《の》む。サンシャインはチッチッと指を振った。

「だが、オレにはケンダマンは殺せねえ。人間が気づかぬうちに体毛を落とすように、オレだって大量の砂になって移動したら、僅かだが砂を残してしまうはずだ。事件現場をよく思い出してみろ、ピッカピカの大理石の床には砂一粒でも落ちてたか？」

「いいえ、落ちてませんでした」

ミートは即答した。

２０１号室の床に散らばっていたのは、落下したシャンデリアの硝子片《へん》のみだった。ケンダマンの絶叫が聞こえてから、ミートたちはすぐに一階の超人たちの生存確認を行なった。その僅かな時間の中で、自身の痕跡《こんせき》を完全に消せたとは思えない。

サンシャインはソファーに背中を預けると、葉巻を深く吸い込んだ。

「それにだ、鉄球はどうなる？　いくらオレが２０１号室に自由に出入りできたとしても、あいつの生首を運び出すのは難しいんじゃねえか」

「ムヒョッ、言われてみればそうだわさ……」

キン骨マンは悪魔の話術に乗せられて、サンシャインを早くも容疑から外そうとしている。

ミートは苦し紛れに、別の角度から質問をしてみた。

「ちなみに……〈知の渇望者〉について、あなたはどう思いますか？」

「ん～？　そりゃ、どういう意味だい」

サンシャインは口元から葉巻を離すと、首を傾げた。

「一連の超人殺人によって、悪魔超人だって大きな被害を受けているはずです。悪魔超人界の重鎮と言われたあなたとしては、このまま黙ってはいられないのでは？」

砂漠に一陣の風が吹いたように、サンシャインの顔がサラサラと揺れる。

「別に、どうでもいい」

「えっ？」

「グォフォフォッ……意外か？　ひょっとして、お前はオレを気のいいオッチャンか何かと勘違いしてないか」

思わぬ回答に、ミートは口籠った。

「たしかに、今回の騒動に悪魔超人だって巻き込まれているのは事実だ。だが、オレは超人殺人を止めようとは思わない。むしろ、もっとやれとすら思っている」

サンシャインはこめかみを指で突つきながら笑った。

「考えてもみろ、我ら悪魔超人軍は選《え》りすぐりの猛者《もさ》しかいない少数先鋭。このまま超人殺人によって、他勢力の超人たちが殺し合ってくれた方が好都合だからなぁ～っ」

——読めない。

ミートは、ずぶずぶと蟻地獄に嵌《はま》っていくような錯覚を味わった。

バッファローマン、アシュラマン、ザ・ニンジャといった悪魔超人軍の先鋭たちは、一度は正義超人軍としてリングに立ったことがある。その中でも、最後まで自身の立場を貫いた生粋《きっすい》の悪魔こそが、目の前に立っているサンシャインなのだ。

完全に相手に翻弄《ほんろう》された形で、サンシャインの取り調べが終了する。


次にミートは、優雅にワイングラスを揺らすパルテノンに近寄った。

「それでは今度は、あなたに犯行が可能かを検討します」

「はて。私は他の超人と違って、変身能力を持たないのだが……その時点で容疑者から除外されるべきではないかね？」

不服そうな顔をするパルテノン。探偵はメガネをくいっと押し上げた。

「いいえ。自由に変形することができないあなたでも、ケンダマンを殺す方法はあります」

「ギョギョッ？」

思いもよらない返事だったのか、窪んだ目を見開いた。

「あなたはキン肉星王位争奪戦にて、技巧チーム副将として参戦し、自身の悍《おぞ》ましい由来を試合中に明かしましたね」

トーナメント準決勝、キン肉マン&ロビンマスク組と、キン肉マンゼブラ&パルテノン組の世紀のタッグマッチ。ミートは超人病院からテレビ中継で、その戦いを見守っていた。

「あの時、あなたは……自身を支える六本の柱には、何人もの若く逞《たくま》しい男たちが、生贄《いけにえ》として埋め込まれたと語っていました」

「ギョギョギョッ、その通り。だから今日のような超人の血を見た夜は、人柱となった男たちの怨念が、新たな仲間を引き入れようと騒いで眠れんのだよ」

言葉とは裏腹に、パルテノンの顔には愉悦《ゆえつ》が滲《にじ》んでいた。

「ボクがしたいのは、そんな悪趣味な話ではありません。重要なのは、あの試合中にあなたは……対戦相手であるロビンマスクを自身の柱の中に閉じ込めたということです!」

パルテノンの顔が石のように固まる。探偵は恐るべき仮説を口にした。

「つまりパルテノンの柱は、超人を格納する隠れ蓑《かくれみの》にもなるということです。たとえ、あなた自身に201号室に侵入する手立てがなかったとしても、共犯者がいれば話は別です!」

「ムヒョヒョヒョッ、共犯者〜っ!?」

キン骨マンがたまらず叫んだ。

「パルテノンは一人客を装い、この巨人荘にチェックインしましたが、本当は柱の中に共犯者が隠れていたのではないでしょうか? 自室に案内された後、彼は共犯者を柱から解放。自身のアリバイを確保しながら、ケンダマン暗殺を指示した……」

「――黙らんかぁっ、このガキ!!」

獣のような怒声が、探偵の推理を遮った。談話スペースがしんと静まり返る。

ミートはぞっとした。パルテノンの顔は凶器攻撃でも受けたかのように、赤く染まっていた。

無論、酒のせいではない。さきほどまで手にしていたワイングラスは、足元で粉々に割れていた。パルテノンの叫び声があまりにも大きかったため、ワイングラスを叩きつける音に、誰も気づくことができなかったのだ。

「私に共犯者がいるというのなら、そいつが誰だか言ってみろ! これ以上、私を疑えば……名誉毀損《きそん》で賠償金30億超人ドルを請求するぞっ!」

穏やかな賢人は、もうどこにもいない。パルテノンは憤怒《ふんぬ》の表情で、探偵を睨みつけた。

「グ、グムーッ……」

ミートは下唇を嚙みながら、姿を見せぬ共犯者を想像した。

超人の能力は多岐《たき》にわたる。仮にパルテノンが、今回の超人殺人に適した能力を持った共犯者を連れていたとすれば、犯行は容易《たやす》いだろう。

しかし、憶測だけでフォールを決めることはできない。パルテノンを犯人と認めさせるには、共犯者である超人と、その能力を特定する必要があった。

これ以上の追及は不可能と判断して、パルテノンの取り調べが終了した。

ミートは、落ち着きなく貧乏ゆすりをするキング・ザ・100トンに声をかけた。

「お待たせしました。最後はあなたに犯行が可能だったかを検討します」

「ゴーホホホッ……なんの権限があって、こんな茶番に付き合わせてるのか知らんが、とっとと終わらせてくれ」

鼻息を荒くするキング・ザ・100トン。ミートは相手の希望通り、すぐさま本題に入った。

「あなたの全身は超人界随一の重量を誇りながら、この三次元上のありとあらゆる形に変化できる特殊金属でできていますよね」

「まあ、そうだが……」

ミートは巨人荘にチェックインした時を思い返した。談話室にいたキング・ザ・100トンは巨大な球体にその姿を変えていた。

「それならば、サンシャインと同じように自身の姿を変えて、ボクたちに見つかることなく201号室と自室を往復することも可能なはずです!」

「ちょっと待った! オレの能力は、そこの砂野郎ほど万能じゃないぞっ」

キング・ザ・100トンは背中に手を回すと、プラカードの束《たば》を取り出した。

「オレの変身は、この特製プラカードから発せられる信号をキャッチしないと発動できない。頭の中で思い描いた姿に、いつでもなれるようなシロモノじゃないんだ……」

そう言いながら、プラカードに描かれた記号を次々と見せていく。シンプルな球体やバーベルのような形の他に、円盤の縁にギザギザが付いたものなど、その種類はさまざまだ。

「逆に言えば、事前に用意した形なら変身は可能ということですよね。それに、キン肉星王位争奪戦に飛翔《ひしょう》チーム副将として参戦したあなたは、テリーマンとの一戦で驚くべき行動を見せました」

「ゴホッ？　驚くべき行動だと……」

ミートはリングサイドで目に焼き付けた、あの時の熱戦を思い返した。

「大将であるキン肉マン　マリポーサがかざしたプラカードによって、巨大な球体に変身したあなたが、攻撃を避けようとするテリーマンに対して、自らの意思で二つの球体に分裂したことです」

「ムヒョッ？　分裂なんてこともできるんかいな？」

キン骨マンが目を丸くする。ミートはこくりと頷いた。

「分身ではなく分裂なので、質量はその分減ってしまうという制約はありますが……世間が思っている以上に、１００トンの変身能力は奥深いということです」

「だったらなんだ！　結局のところ砂野郎と条件は同じだ、消えた生首はどう説明する？」

キング・ザ・１００トンが声を荒らげる。

ミートは相手の身体が小刻《こきざ》みに震えているのを見逃さなかった。犯人だからこそ動揺しているのか、それとも巨漢に似合わず小心者なだけなのか……。

こうして、容疑者三人の取り調べが終わった。

ミートはここまでで得た情報を整理しながら、事件の真相を推理する。

「ムヒョ～ッ……全員が絶妙に怪しくて、一人に絞れないだわさ」

キン骨マンは両手を頭の後ろに回し、近くの石柱に寄りかかろうとした。しかし、なぜか手足をばたつかせると、勢いよく尻餅をついた。

「あ、あいたぁっ！　尻がペシャンコになるだわさ～っ」

「いやいや……何やってるんですか？」

ミートは尻を押さえてのたうち回る相棒に、冷たい視線を向けた。

「ムヒョッ、ちがうんだわさ……なぜか、ここだけ石柱がないんだわさ！」

キン骨マンは自分が寄りかかろうとした空間を指差した。見ると、エントランスに等間隔に並ぶ石柱のうちの一本が、ぽっかりと抜けている。

「ちょ、ちょっと待ってください。なんか、他にも何本か抜けてるような……」

ミートはエントランスを歩き回ると、石柱の列を確認した。

入口からフロントに向かうだけなら、ほとんどの石柱が重なっているので気づけないが、角度を変えて見ると何本かの石柱が切り取られたように抜けている。

「支配人さん、これって最初から抜けてる部分があったのですか？」

ミートが訊ねると、支配人は首を激しく左右に振った。

「い、いえ！　なんということでしょう……私も全く気づいてなかったのですが、いつの間にかに石柱が何本か抜き取られてしまったようです」

「えっ？　いつ頃からなくなっていたか分かりますか」

「そ、それが……ここにいる皆様が宿泊される前には、石柱が全て揃っていたのは確かなのですが、いつからなくなったのかは正直分からず……」

支配人がおろおろと額を押さえる。つまり、ミートたちがチェックインした時には、すでに石柱は何者かに抜き取られていた可能性があった。

「なんで石柱を……これも犯人の仕業《しわざ》なのか？」

不可解な状況が何を意味するのか考えた時、ミートの脳裏《のうり》に稲妻が走った。

「そ、そうか……そういうことだったのか！」

ついにミートは事件の真相に辿り着いた。

「皆様、この超人殺人の犯人が分かりました！」

「ムヒョッ!?」「えっ!?」「グォフォッ!?」「ギョッ!?」「ゴホッ!?」

キン骨マン、支配人、そして三人の巨人たちの視線が探偵に集中する。

犯人はどうやって、２０１号室に侵入したのか？

犯人がケンダマンを殺した方法は何だったのか？

なぜ、ケンダマンの首は犯行現場から消えていたのか？

なぜ、エントランスの石柱が何本か抜けていたのか？

今、解決編のゴングが鳴った！


【知性の神の挑戦状】


最後の事件はこれまでの超人殺人の中でも、最も奇想天外なトリックが使用されている。謎を解くためには、宇宙のように無限に広がる知性が必要だろう。

汝《なんじ》が最後の謎に挑むため、今回もヒントを授《さず》けることにする。

① 犯人は自身の必殺技を駆使して、被害者を殺害したこと。
② 被害者は２０１号室に入ったとほぼ同時に、殺害されたこと。
③ 〝消えた生首〟の行方《ゆくえ》が分かれば、犯人を特定できること。

言うまでもないが、動機から犯人に辿り着くことはできない。

難解故《ゆえ》に、それを解けた時の達成感は極上なものとなるであろう。平面図を熟読し、容疑者

の能力を考察し、最後の試合を勝利で飾っていただきたい。それでは、健闘を祈る。

フハハハハ〰〰〰ッ!!

10

午後八時。巨人荘、エントランス。

ミートは、コの字に並ぶソファーに腰かける巨人たちを見回した。

中央には砂の巨人、右には石の巨人、左には鋼鉄の巨人。

事件の容疑者たちは、まるで数万年前から祀《まつ》られている神々のような威圧感を放っている。

小さな探偵は恐れることなく、真実を語ることにした。

「今回の事件において、重要な謎は三つあります」

ミートは、皆に見せつけるように指を三本立てた。

「まずは、犯行現場となった２０１号室への侵入方法。次に、消えたケンダマンの生首。そして、数本だけ抜かれたエントランスの石柱です。この三つの謎の答えさえ分かれば、自《おの》ずと犯人は一人に絞り込むことができます」

探偵はサンシャイン、パルテノン、キング・ザ・１００トンの三人にそれぞれ視線を移していった。そのたびに、談話スペースの空気がぴんと張り詰める。

「犯人が使用したトリックは豪快かつ大胆でありながら、実にシンプルでした。なぜなら今言った三つの謎は、答えが全て同じだからです！」

「ムヒョッ？　ど、どういうことだわさっ」

キン骨マンが目を瞬かせる。ミートは支配人に向かって訊ねた。

「支配人さん、確認します。この巨人荘は、エントランスと客室の天井の高さが同じですよね？」

「は、はい！　その通りでございます。基本的にホテルのエントランスは開放感を演出するため、天井を高く設計してますが……巨人荘は巨漢超人の方々がリラックスできるように、客室の天井も同じ高さで設計されてます」

「なるほど、ではもう一つ。巨人荘は一階の客室と、二階の客室が全く同じ配置になっていますね？」

「はい！　特注の防音、耐震設備を組み込むため、部屋数を絞り、同じ構造で設計する必要がございましたので……しかし、それが一体？」

困惑する支配人をよそに、ミートは一人納得したように頷いた。

「ありがとうございます。これで、ボクの推理は揺るがないものになりました」

「ムヒョヒョッ……ちっとも、分からないだわさ！　今の情報で、どうして犯人が分かるんだわさっ？」

キン骨マンが、長い髪を掻きむしる。ミートはメガネをくいっと押し上げた。

「では、最初の謎を解き明かしましょう。犯人は犯行現場となった201号室にどうやって侵入したのか？　答えは〝101号室〟。犯人は自分の客室の天井をくり抜いて、真上にある201号室に侵入したのです！」

談話スペースが静まり返る。今の台詞は犯人を名指ししたも同然であった。

皆の視線が、ゆっくりと101号室の宿泊客に向かう。

ミートは渾身の力を込めて指差した。

「犯人はあなたです。キング・ザ・100トン!!」

鋼鉄の巨人がその身を震わす。

「ゴ……ゴホホッ!?　突然何を言い出すかと思えば、荒唐無稽なことを〜っ!!」

キング・ザ・100トンは、勢いよくソファーから立ち上がった。

「たしかに、オレの部屋は201号室の真下に位置するが……どうやって、天井をくり抜くっていうんだ？」

「もちろん、変身能力を使ったのでしょう。あなたは巨人荘のリピーターと言ってましたが、それならば今回のトリックに必要なプラカードを、事前に用意することもできたはずです」

探偵が冷静に答えると、キング・ザ・100トンは床を強く踏みつけた。

「だから、言ったはずだ！　オレの能力は、そこの砂野郎ほど変幻自在ではないと！」

これまで不動を貫いていたサンシャインが、ぴくりと反応する。

「グォフォフォ……この場合、オレは喜んでいいのかな？　で、そこの文鎮野郎はどうやって、客室の天井をくり抜いたっていうんだ」

ミートは、キング・ザ・１００トンが見せてくれたプラカードの中にあった、ある図形を思い浮かべながら言った。

「ノコギリです。プラカードの中には、円盤の縁にギザギザが付いたような図形がありました。キング・ザ・１００トンは自らの姿を巨大な回転ノコギリに変えて、１０１号室の天井を切断したのです！」

「ゴ、ゴホホッ……!?」

動揺したのか、キング・ザ・１００トンが後ずさる。するとと背後のソファーにぶつかり、束ねて置いていたプラカードが床に落ちた。

その中の一つ、ギザギザとしたノコギリ模様が描かれたプラカードを見下ろしながら、ミートは言った。

「キング・ザ・１００トンは大理石のマス目に沿って、２０１号室のドアから部屋の中心に向かって、長方形の穴を開けました。巨人荘の客室は完全防音かつ完全耐震なため、周囲に音や振動が漏れることはありません」

サンシャインは感心したように頷いた。

「なるほどな～っ。全身が砂でできたオレがそのトリックを再現したとしても、ちと強度が足りんかもしれん。変身に制約があるとはいえ、全身が金属でできた奴だからこそ実行可能なトリックってわけだ」

「ふざけるなっ！　201号室の床に穴なんて開いてなかっただろ！」

キング・ザ・100トンが声を荒らげて反論する。

「それならば、次なる謎を解き明かしましょう。エントランスから抜き取られていた石柱は、どこへ消えたのでしょうか？　答えは〝101号室〟。あなたは切断した201号室の床――つまりは101号室の天井が落ちてこないようにするため、エントランスから持ち込んだ石柱を使って支えにしていたのです！」

「石柱を支えに……!?　トリックが大掛かり過ぎるだわさっ!!」

キン骨マンが驚愕する。ミートは力強く頷いた。

「この巨人荘の構造をフル活用した、奇想天外な仕掛けと言わざるを得ません。しかし……だからこそ、そう簡単には見破れない！　ケンダマン殺害というアクシデントがなければ、犠牲者はこれだけでは済まなかったでしょう」

ミートの意味深な台詞に、パルテノンは顔を強張《こわば》らせた。

「ギョギョッ？　ケンダマンを殺したのは……アクシデント？」

「ええ、ずっと引っかかってました。ケンダマンはなぜ巨人荘にチェックインするなり、殺されてしまったのか？　もっと言うならば、犯人はなぜケンダマンが来訪することを知っていたのか？」

「ギョギョッ……ケンダマンのことを、それほど憎んでいたからでは？」

　パルテノンの回答に、ミートは首を横に振った。

「考えられる可能性は一つ。キング・ザ・１００トンにとっても、ケンダマンの来訪は予想外のことだった！　つまり、２０１号室に侵入するトリックは、ケンダマンを殺すためではなく……別の目的のため、誰にも気づかれずに二階に上がる手段に過ぎなかったのです！」

「ムヒョ〜ッ、別の目的？　それじゃ何のために、二階に上がろうとしたんだわさっ」

　相棒の質問に、ミートは深く吐息してから答えた。

「巨人荘の宿泊客を、皆殺しにするためです」

「ムヒョッ……み、み、みなごろし!?」

　キン骨マンの顔から血の気が失《う》せていく。

「はい、巨人荘は一階と二階の客室が全く同じ構造をしています。たとえばキング・ザ・１００トンが２０４号室に侵入して巨大カッターによるトリックで床一面を切断したら、１０４号室に宿泊しているボクとキン骨マンはどうなるでしょうか？」

「ムヒョッ？　そりゃ、２０４号室の床――つまりは１０４号室の天井が落ちてくるわけだから、真下にいるあちきたちは、ペシャンコになってオダブツするに決まって……」

言い終える前に、キン骨マンは恐怖の色を顔に浮かべたまま硬直した。

「そうです。キング・ザ・100トンは、誰にも見られずに二階に侵入することさえできれば、空室に入って床を落とすことによって、真下の部屋に宿泊している超人を問答無用で圧殺することができます！」

迫り来る天井、さらにはキング・ザ・100トンの体重も加わり、狙われた超人は抗《あらが》う術《すべ》もなく圧死するだろう。完全防音、完全耐震の構造のため、悲鳴は誰にも届かない。それこそが本来、キング・ザ・100トンが実行しようとしていた、巨人荘そのものを巨大なプレス機に見立てた、〝大掛かりな《ジャイアント》殺人術《トリック》〟だったのだ。

「ギョギョ……皆殺しだと!?　なぜだ、私は彼に恨まれるような覚えは、何一つないぞっ!!」

困惑するパルテノンに、ミートはシンプルな答えを示した。

「おそらく、理由などなかったのではないでしょうか。キング・ザ・100トンは、己の知性を駆使した超人殺人を実行できれば、それでよかったのだと思います」

「うおおっ、快楽殺人ってわけか……とんでもない野郎だな」

サンシャインは、この場でミートが真相に気づかなかった場合、自分たちがどうなっていたかを想像して冷や汗を流した。真夜中に繰り返される圧殺劇。間違いなく自分たちは、生きたまま朝を迎えることはできなかったはずだ。

「ゴ、ゴーホホッ……!!」

キング・ザ・１００トンの巨体がぐらぐらと大きく揺れる。かねてから用意していた計画は、ケンダマンという招かれざる客の登場によって失敗に終わった。

ミートは一気呵成に真実を叩きつけた。

「事件の真相はこうです！　キング・ザ・１００トンは、ボクたちを皆殺しにするために、巨大ノコギリのトリックを使って２０１号室に侵入しました。しかし、運が悪いことに……嵐の中、やって来たケンダマンのせいで、２０１号室は空室ではなくなってしまいました。そしてケンダマンが２０１号室に入ったタイミングと、キング・ザ・１００トンが床下から姿を現したタイミングが一致してしまったのです」

「鉢合《はちあ》わせってわけか……お互いパニックだよなぁ」

サンシャインは顎に手を当てながら、その時の光景を想像した。

「キング・ザ・１００トンとしては、自身のトリックを目撃してしまったケンダマンを生かしておくことはできません。そこで咄嗟《とっさ》に、２０１号室に侵入するためのトリックを、ケンダマン殺しに再利用しました！」

「ムヒョッ？　２０１号室侵入のトリックを、ケンダマン殺しに再利用……？」

キン骨マンにはまだ真相が見えてこない。一方、パルテノンはエントランスの石柱と、天井を交互に確かめた後、絞り出すような声で言った。

「そ、そうか……シーソーか!?」

　探偵のメガネがきらりと光る。

「その通り。ケンダマンが２０１号室に入ろうとした時、ドアの前の床の一部はすでに切り抜かれ、その中央部分が石柱で支えられていたのです。ケンダマンがその端に足を乗せた瞬間、キング・ザ・１００トンは有無を言わさず反対側の端に飛び乗りました。すると、どうなるでしょう？　……切り抜かれた床は、石柱を支点とした巨大シーソーに早変わりするのです！」

「あ……ああ〜〜っ!?　そんなことをしたら、体重が軽い方が天井に向かってぶっ飛んでしまうだわさ!!」

「ええ。いくら巨漢超人《ジャイアントレスラー》同士といえど、ケンダマンの体重は推定２００キロ前後でしょう。そんな彼が文字通り体重１００トンの超人と重さ比べをする羽目になりました。当然、ケンダマンは逆バンジーのように上空に向かって吹っ飛び、天井に吊るされたシャンデリアに激突！　そのまま、シャンデリアもろとも床に落下したというわけです」

　悪魔的な真相に、一同は言葉を失う。

　シャンデリアが床で粉々になっていたのは、犯人が被害者めがけて落としたのではなく、被害者自らが突っ込んだからだった。

「あなたは、奇《く》しくも自身の必殺技〈ジェット・ローラー・シーソー〉と同じような方法でケンダマン殺害に成功しました。しかし、これはあくまで想定外の殺人です。ケンダマンは２０１号室に入ったばかりだったため、ドアが開いた状態であり、悲鳴もシャンデリアが落下する

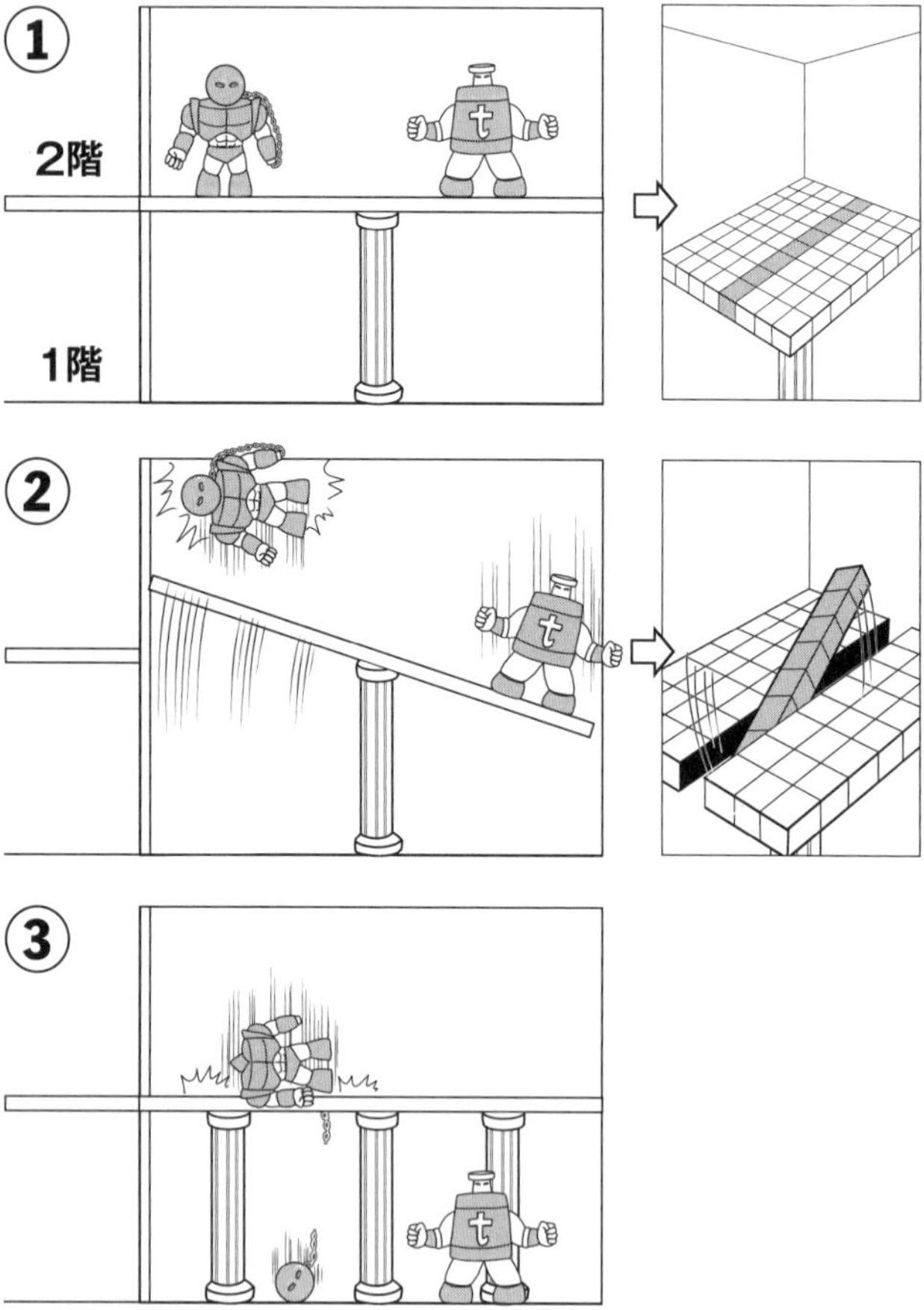
①
2階
1階
②
③

音も、室外に漏れてしまいました」

「あの悲鳴の裏で、そんなことがあったとは……」

支配人が蒼白な顔をさらに青ざめさせた。ケンダマンが客室への案内を断らなかったら、自分も201号室に同行していたので、確実に口封じをされていただろう。

「それでは、最後の謎を解き明かしましょう。即席〈ジェット・ローラー・シーソー〉によって死亡したケンダマンの生首は、どこに消えたのでしょうか？」

決着は近い。ミートは沈黙する犯人を見上げながら言った。

「答えは〝101号室〟。ケンダマン殺害後、あなたはその場から脱出を試みましたが、201号室の床を持ち上げた時に、ケンダマンの鉄球も101号室に転がり落ちてしまったのです！　悲鳴を聞きつけて、201号室にみんなが押し寄せるのは時間の問題です。焦《あせ》っていたあなたは、鉄球に繋がれた鎖を強引に切断すると、石柱を並べ直して床を水平に戻しました！」

ドスン、と鈍い音が響き渡った。怒濤《どとう》の推理に圧倒されたキング・ザ・100トンが、バランスを崩して尻餅をついたのだ。

「ゴ〜ホホァッ！　そ、そんなバカな、オレのジャイアント・トリックがぁ〜っ……」

伝説の巨人〝だいだらぼっち〟は、天秤棒《てんびんぼう》に富士山と筑波山を乗せて、シーソーの要領でどちらが重いかを測ろうとした。しかし、最後は天秤棒に結ばれた紐《ひも》が切れてしまい、尻餅をついてしまう。

ミートはこの地に残る伝説を思い出しながら、敗北を認めた犯人を見下ろした。

「キング・ザ・100トン、答えてください。あなたを狂気に駆り立てた原因は何ですか?」

「ゴーホホッ……神の囁《ささや》きがあったんだ。数日前から巨人荘に滞在していたオレは、この談話スペースでよく寛《くつろ》いでいた。その時、頭の中で『己の知性を駆使して超人殺人を起こせ。お前は知性を駆使すれば、どんな超人も殺害できるポテンシャルを秘めている』と囁かれた。気づいたらオレは、エントランスの石柱を自分の部屋に持ち込み、この場に居合わせた超人を皆殺しにしようと計画していたぁ~~~っ!!」

キング・ザ・100は悪夢にうなされるように、手足をジタバタとさせた。

暴れた拍子で、積み重ねられた分銅《ふんどう》が身体から外れて床に転がる。

「ムヒョッ!?」

キン骨マンは目を見開いた。分銅が外れたキング・ザ・100トンは、頭部と直結した柱が露出している状態となった。そこに、見覚えのある球体が突き刺さっていたのだ。ミートは静かに語りかけた。

「やはり、そこに隠していたのですね。ケンダマンの消えた鉄球を」

衝撃の光景を前に、皆が目を疑う。

「事件が起きてから、あなたは何かと身体を震わしていましたが、それは怒りでも恐怖でもなく……全身を覆う分銅が不安定になっていたためだった。あなたは自分の分銅をドーナツのように、内側の輪が広くなるように変形させて、体内にできた空洞に、ケンダマンの鉄球を咄嗟に隠した……」

全ての謎を解き明かし、ミートは窓の外を見た。

嵐は激しさを増す一方で、今夜中にキン肉マンがやって来るのは絶望的だろう。しかし、仮にケンダマンの代わりに来たのがキン肉マンだった場合、被害者は入れ替わっていた可能性がある。結果として、巨人荘への行く手を阻んだ土砂崩れは、キン肉マンにとって幸運だったのかもしれない。

キング・ザ・１００トンは、おさまることのない嵐のような、後悔の叫び声を上げた。探偵は祈るような眼差しを犯人に向けた。

「自身の能力を超人殺人に利用された、あなたの無念は必ずボクが晴らします」

こうして、巨人荘で起きた最後の〝知の惨劇〟の幕が降りた。

エピローグ

成田《なりた》空港——第2旅客ターミナル。

国際便の搭乗ゲート前で、ミートとキン骨《こつ》マンはベンチに腰を下ろしていた。

「ムヒョ〜ッ……結局、〈知《ち》の渇望者《かつぼうしや》〉は何がしたかったんだわさ?」

キン骨マンが、キャリーケースを引きずる旅行客を目で追いながら呟《つぶや》いた。

「分かりません。昨夜の事件の犠牲者となったケンダマンも、キング・ザ・100トンが超人《ちようじん》強度を譲渡したことで蘇生《そせい》できたのはよかったのですが……」

ミートは悔しさまじりのため息を吐《つ》いた。

事件後、キン肉《にく》マンは昨夜の土砂崩《どしやくず》れのため巨人荘の目前で足止めをくらい、道路の復旧活動や、取り残された住民の救助活動に協力していたことが分かった。

そして今朝、ミートとキン肉マンは電話でお互いの情報を共有すると、最後の謎を解くため再び別行動を取ることになったのだ。

ミートは電光掲示板を見上げて、出発時間を確認した。

「まもなくですね」

「ムヒョ〜ッ、本当に奴はやって来るんかいなぁ。もし、ミートが言ったことが本当だとしたら……とんでもないことになるだわさっ」

ついー時間ほど前にミートから聞かされた話を思い出して、キン骨マンはごくりと息を呑《の》んだ。

しばらくすると、搭乗ゲート前にアタッシュケースを持った超人がやって来た。

「随分とお早い帰国ですね」

ミートが背後から声をかけると、超人は身体をぴくりとさせて、ゆっくりとこちらを振り向いた。邪悪に染まった顔が、瞬時に思慮深い面持《おもも》ちに切り替わる。

「ギョギョッ？　これはこれは、ミート君じゃないか」

「決着をつけましょうか、パルテノン。それとも……〈知の渇望者〉と呼ぶべきでしょうか」

パルテノンは探偵の言葉が聞こえていなかったかのように、明るく振る舞った。

「こんなところで会えるなんて奇遇だね。生憎《あいにく》、私はこれから故郷アテネに帰るところで、時間がないんだ……」

電光掲示板を指差しながら、パルテノンが申し訳なさそうな顔をする。

「日本にはビジネスで来たのではなかったのですか？」

「なに、予定が変わってね。ただちに帰国することになったのさ」

「予定が変わった？　予定が終わったの間違いでは」

ミートの問いに、パルテノンが不敵に笑う。

「ギョギョギョ、何が言いたいのかな？」

「今回起きた超人殺人騒動は……例えるならば、〝神〟のような人智《じんち》を超えた存在が、裏で糸を引いてる気がしてなりませんでした」

「ほう、それは壮大な話だ」

パルテノンは戯《おど》けるように両手を広げた。

「そして、神には自身の手足となって動く駒《こま》となる超人がいたはずです。その超人こそが、〈知の渇望者〉……つまりは、あなたです！」

「ギョ〜ギョヨッギョッ！　私が〈知の渇望者〉だってぇ〜っ？」

パルテノンは愉快そうに胸の柱を手で何度も叩いた。

「ああ、失敬失敬。あまりにも突飛な話だったもので。それで、えっと……神に代わって私が何をしたっていうんだね？」

「ボクとキン骨マンに〈知の渇望者〉という宛名で予告状を送りつけ、さらに各地の超人たちを唆《そそのか》し、超人殺人を実行させました」

「はっ！　何を言うかと思ったら。予告状はともかく、超人に超人殺人を実行させる？　そんな能力、私は持ち合わせておらんぞっ」

パルテノンがそのまま搭乗ゲートへ向って歩き出す。探偵は語気を強めて叫んだ。

「いえ！　あなたの〝ある能力〟を使えば、一連の超人殺人を引き起こすことは可能です！」

　巨大な神殿が歩みを止める。

「ほう、〝ある能力〟とは……？　仮に、この先の推理がデタラメだった場合、賠償金では済まさんぞ」

　パルテノンの眼光から殺気が放たれる。要求しているのは、カネでもコネでもない。不都合な真実を嗅《か》ぎ回る、目障《めざわ》りな探偵の命だ。

　ミートは臆《おく》することなく頷《うなず》くと、パルテノンの足元を指差した。

「血《ち》生臭《なまぐさ》い出自《しゆつじ》を持つあなたの影には、怨念と強い憎悪のパワーが含まれています。そして、あなたの能力の一つである〈影《かげ》のシャワー〉は自身の影を相手に浴びせて、正義の心をかき消し、秘められた残虐性を引き出すことができます！」

　ミートは、キン肉星王位争奪戦《にくせい》でパルテノンの〈影のシャワー〉によって、テクニシャンだったキン肉マンゼブラが、目を覆いたくなるような残虐ファイトの名手に変貌《へんぼう》したのを思い出した。

「ギョギョギョギョッ。それで私の〈影のシャワー〉によって、一連の事件の犯人たちが超人殺人を起こした……と？　残念だが、いくらなんでも私の能力の領域外だよ」

「しかし、〝神〟による手助けがあったとしたら？」

　パルテノンの顔から笑《え》みが消える。ミートはキン肉星王位争奪戦の初戦、キン肉マンチームと飛翔《ひしよう》チームとの団体戦を思い出した。

「かつて、ミキサー大帝《たいてい》という超人が〝邪悪《じゃあく》の神々《かみがみ》〟の力を借りて、王子の火事場のクソ力を封印したことがありました。今回もその時と同じように、邪悪神の誰かのサポートがあり、あなたの〈影のシャワー〉が大幅に強化されたのではないでしょうか? たとえば、『あなたの影に触れた者は、殺意が増幅されて、己の知性を駆使して超人殺人を起こさずにはいられなくなる』といったような強化が……」

「黙れっ! 憶測でものを言うな、痴《し》れ者《もの》が!」

パルテノンが声を荒らげた。〝神〟の名が出た途端、明らかに動揺している。

「仮に私の〈影のシャワー〉によって、標的を超人殺人犯に仕立てることができたとして……そんな隙《すき》がどこにある? これまでの犯人は、皆一流の超人レスラーだということを忘れるな!」

二人の舌戦《ぜっせん》を見守っているキン骨マンは「ムヒョヒョ」と唸《うな》った。

〈影のシャワー〉は、タッグパートナーの残虐性を高める所謂《いわゆる》〝支援技〟だ。本来ならば、対戦相手に面と向かって放てる技ではない。巨体を誇るパルテノンが、これまでの犯人たちの前で〈影のシャワー〉を放ったとして、その姿を見られずに立ち去るのは難しいだろう。

ミートは目を閉じると、自分が解決した四つの超人殺人を振り返った。

「犯人となった超人たちの証言には、ある共通点がありました。皆が口を揃えて『頭の中で超人殺人をするように囁《ささや》かれた』と言っていましたが、これが〈影のシャワー〉によって、殺意が増幅されていた状態だったのは間違いありません」

「それだと、犯人たちが私の存在に気づかなった説明がつかないではないかっ」

パルテノンが鼻を鳴らす。ミートはメガネをくいっと押し上げた。

「犯人たちの証言には、もう一つ共通点がありました。それは、場所です！」

ミスターカーメンは、ニューマカオのルネッサンス調のプールサイド。

カレクックは、インド西部マハラーシュートラにあるアジャンター寺院。

レオパルドンは、ベルリンのブランデンブルク門。

キング・ザ・１００トンは、筑波《つくば》の巨人荘。

「……彼らが〈影のシャワー〉を浴びたのは、どこも巨大な柱が聳えている場所でした！　神殿の化身のあなたは石柱に擬態することで、標的に気づかれることなく、超人殺人願望を植え付けることができたのです！」

束の間の静寂。やがて、ぱちぱちと手を叩く音が空港に鳴り響いた。

もはや言い逃れはできないと悟ったのか、パルテノンが探偵を讃《たた》えるように拍手したのだ。

自白とも取れる反応に、ミートとキン骨マンが息を呑む。

「ギョ〜〜ギョッギョッギョッ！　さすがは超人界一の頭脳の持ち主と謳《うた》われるアレキサンドリア・ミートだ。私を雇った神も、君の知性を高く評価していたぞ」

「神……」

ミートは思わず天を仰いだが、鉄骨が入り組んだ空港の天井しか望めなかった。

「だが、悪く思わないでくれよ。私が神に協力したのは、単なるビジネスだ」

そう言うと、パルテノンは手にしたアタッシュケースを開いた。中には札束がびっしりと詰まっている。

「そんなことのために、各地で超人殺人を起こしたのですかっ？」

ミートの瞳が怒りで燃える。羨ましそうに札束に見入っていたキン骨マンは、腑《ふ》に落ちたように、顎《あご》に手を当てて笑った。

「ムヒョヒョッ。各地の宿泊施設で、あちきたちの部屋を用意はするくせに、毎回部屋を一緒にしてたのは、単にお前がケチくさいってだけだったんかいな」

「ギョギョギョッ、経費削減と言ってほしいものだな。予算が浮けば、その分、私の財布が潤う。それにしても、君たちには感謝しなくてはいけないな。昨夜の事件では、危うく私もキング・ザ・１００トンのトリックに巻き込まれるところだった……」

パルテノンは手を突き出すと、脱線しかけた話を止めた。ミートが今にも飛びつかんばかりの勢いで、こちらを睨んでいたからだ。

「そう熱くなるな。私を雇った神も、なにも面白半分でこんなことをしているのではない」

「では一体、どんな崇高な理由があったというのですか？」

「それは私の口からは言えんよ、守秘義務も報酬に含まれているからな」

パルテノンは微笑しながら、独り言のように呟いた。

「だが、思うに……超人は強くなりすぎたのだよ。私を雇った神は、いつか訪れるだろう宇宙の危機の秘策として、超人の知性を試したかったのだ」

意味深な発言にミートとキン骨マンがぴくりと反応する。パルテノンは同志を見つめるような視線を二人に向けた。

「近い将来……超人が力ではなく知性で競い合い、知性を持って人間を守る存在となる——〝知の時代〟が訪れるかもしれない。そうなったら、我々超人の価値基準はリセットされる。私やミート君のような賢者が、新たな超人界の頂点に君臨することになるのだ！　それこそ、そこの骨怪人だって、今よりもずっと美味《おい》しい立場に返り咲けるんじゃないか？」

「つまり、今回の騒動は……一種の社会実験だったわけですね。超人がその能力をトリックに使ったらどうなるか？　それを解決する者として、ボクとキン骨マンが選ばれた」

ミートの質問に、パルテノンは慌てて咳払いをした。

「おっと、いけない……喋りすぎたようだ。それでは、私はこれで失礼するよ」

「待ってください！　誰の指図《さしず》であろうと、あなたがしたことを許すことはできません。大人しく超人警察に自首してください！」

ミートの最後通告では、邪悪な神殿の心は揺らがない。

「さよならだ。見送りありがとう、名探偵」

パルテノンは手を軽く振ると、搭乗ゲートの方に去って行った。

「ム、ムヒョヒョ……ミート、行かせてもいいんかいな?」

キン骨マンがおずおずと訊ねると、ミートは切なげな表情を浮かべた。

「ボクたちの力では、彼を捕まえることなど到底できません……残念です」

そして、搭乗口に消えていくパルテノンの背中に向かって呟いた。

「彼は、罪を償《つぐな》う最後のチャンスを逃してしまったのですから」


高度10000メートル。

ファーストクラスの機内で、パルテノンは悠々と空の景色を眺めていた。

ドバイを経由して、故郷アテネまでは20時間以上のフライトとなる。ワイングラスを片手に一人祝杯を上げていたが、むっと眉を顰《ひそ》めた。

なぜか、前方の座席から牛丼の匂いが漂ってくるのだ。

これでは、せっかくの空の旅が台無しである。通路側に首を伸ばして、前方の席を覗くとため息が漏れた。

ボロ臭いロングコートにハンチング帽をかぶった大男が、牛丼をがっついている。

「やれやれ、こういう無粋な輩《やから》と関わりたくないから、ファーストクラスを選んでいるというのに……」

パルテノンは席を立つと、男の背後に回った。ちょっと凄《すご》みを利かせれば、大人しくなるだろうと、男の肩を摑《つか》んだ瞬間——全身に稲妻が走った。

男の僧帽筋《そうぼうきん》が異常に発達していたのだ。

刹那《せつな》で相手がただの人間ではなく超人、それも超実力派の猛者《もさ》であることを察知する。

「だれだ……お前は!?」

震えた声でパルテノンが訊ねる。男は座席の背面テーブルに牛丼を置くと、ゆっくりと振り向いた。

「屁のつっぱりはいらんですよ」

筋骨隆々の男は、唇についた米粒を指で払うと、言葉の意味はよく分からないが、とにかくすごい自信の台詞《せりふ》を放った。

「お、お前は……キン肉マン!!」

不測の事態にパルテノンが狼狽《うろた》える。

「な、なぜ……お前がここにいるっ!?　言っておくが、私は神の使命を受けているのだぞっ!!　一超人の大王如きが手を出したら、どうなるか分かっているのか!?」

騒ぎに気づいたのか、客室乗務員が通路に顔を出した。乱心したパルテノンを見て、びくりと身体を強張《こわば》らせる。

「お客様っ!　どうなさいましたか、顔色が悪いようですが……」

キン肉マンはゆっくり席を立つと、周囲の乗客を落ち着かせるようにニッコリと笑って、固く閉ざされた機内のドアを指差した。

「ハバーナイストリップ！　ワシらはここで降りるわい」

ミートとキン骨マンは、成田空港から遠く離れたゴルフ場で佇《たたず》んでいた。

パルテノンが搭乗ゲートでチェックインを済ませ、飛行機が離陸するまでのおよそ二時間で、航路上にあるこの場所に先回りしていたのだ。

「事前の打ち合わせでは、ここら辺でパルテノンと接触するはずなのですが……」

ミートは空を見上げると、豆粒のように小さな機影を目で追った。

「ムヒョッ!!　あ、あれは……」

隣に立つキン骨マンが、上空を指差した。飛行機から人影らしき物体が飛び出したのだ。上空の人影は、よく見ると二つあった。一方が大の字を逆さにしたような体勢で、もう一方が相手の両手両足を固定したまま急降下している。

空中で絡み合う二人が、空気抵抗を受けて炎を纏《まと》う。ミートは力いっぱい握り締めた拳《こぶし》を、天に振りかざして叫んだ。

「あ、あれはっ!!　王子の〝48の殺人技〟プラスワン……」

その言葉に呼応するように上空で男が叫んだ。

「キン肉ドライバ―――ッ!!!!」

筋肉の流星が地面に衝突した。凄《すさ》まじい衝撃音と共に、砂煙が舞い上がる。

ミートとキン骨マンが駆け寄ると、落下地点となったグリーンは、一帯がクレーターとなって抉《えぐ》れていた。その中心に、首から地面に突き刺さったパルテノンと、煙を纏うキン肉マンの姿があった。

技を解いたキン肉マンが、相手からその身を離す。それと同時に、上空に吹き飛んだピンフラッグが勢いよく地面に突き刺さった。

上空10000メートルからのホールインワン。王位争奪戦でのタッグマッチに加え、シングルマッチでの白星を勝ち取った瞬間である。

「ギョッ……ギョギョァァ〜〜〜ッ!!」

パルテノンの身体が音を立ててバラバラと崩れていく。欲望に塗《まみ》れた神殿は、その野心と共に瓦解《がかい》した。

「お見事です、王子っ!」

ミートは力強く親指を立てた。キン肉マンが笑いながらそれに応える。

「なあに、今回はほとんど出番がなかったからの〜っ。ワシにだって、インテリジェンスな一面があるということを見せてやりたかったわい」

キン肉マンは天界にいる神を睨みつけるように、空を見上げた。

「それにしても、えらいことになったのぉ。パルテノンすら本当の黒幕じゃないとしたら、同じような事件が今後も起きるかもしれんということか」

憂《うれ》えた表情のキン肉マンとは対極的に、不思議とミートは穏やかな微笑を浮かべていた。

「きっと、大丈夫ですよ。どんな苦難がやってきたとしても……ボクと王子がいれば、必ず乗り越えられます」

――自分の隣には今、心優しきスーパーヒーローがいる。

それだけでもう、恐いものなど何もない。

「むっ……そう言えば、キン骨マンはどうしたんじゃ？」

キン肉マンが、ふと思い出したように呟いた。

「えっ？　あれ、おかしいな。さっきまで一緒にいたはずなのに」

ミートもきょろきょろと周囲を見回した。

「もしかしたら……彼は王子のことを未《いま》だにライバル視しているので、あえて顔を合わせないように配慮したのかもしれませんね」

ミートが一時的とはいえコンビを組んだ、もう一人の相棒に心の中で感謝をしようとした時、視界の端に奇妙な舞を踊っている人影が映った。

「あ、全然違いました。あそこにいます」

ミートが指差した先には、上空から舞い散る大量の札束を、必死に掻《か》き集《あつ》めているキン骨マンの姿があった。

パルテノンと共に落下したアタッシュケースが空中で開いて、金の雨を降らしたのだ。

「ま、まあ……あいつにもちゃんと感謝しないとな。今度、牛丼の大盛りでも奢《おご》ってやろうかのぉ～っ」

「ええ、そうですね。卵と味噌汁も付けてあげましょう」

宇宙最強の超人レスラーと、正義超人界一の頭脳の持ち主は、くるりと踵《きびす》を返すと颯爽《さっそう》とゴルフ場を後にした。

ゆでたまご

1978年、第9回赤塚賞に『キン肉マン』で準入選し、
週刊少年ジャンプにてデビュー。
2024年現在、同作品を「週刊プレイボーイ」と
「週プレNEWS」にて同時連載中。
原作生誕45周年を迎えた2024年、TVアニメ
『キン肉マン　完璧超人始祖編』がスタート。

おぎぬまX

2019年、第91回赤塚賞に
『だるまさんがころんだ時空伝』で入選。
主な著作に『謎尾解美の爆裂推理!!』(JCSQ.)、
『地下芸人』(集英社文庫)など。
本書の図作成も担当。

■初出
キン肉マン　悪魔超人熱海旅行殺人事件　書き下ろし

[キン肉マン] 悪魔超人熱海旅行殺人事件

2024年7月9日　第1刷発行

著　者／ゆでたまご ◉ おぎぬまX

装　丁／海野智

編集協力／北 奈櫻子

担当編集／福嶋唯大

編集人／千葉佳余

発行者／瓶子吉久

発行所／株式会社 集英社

〒101-8050　東京都千代田区一ツ橋2-5-10
TEL　03-3230-6297（編集部）03-3230-6080（読者係）
03-3230-6393（販売部・書店専用）

印刷所／TOPPAN株式会社

Printed in Japan　ISBN978-4-08-703547-6 C0293

検印廃止